Pitscher und Keller
und eine Frau aus gutem Haus

Ursula Weyermann

Folgenden Personen begegnen Sie in Kreuzau und Umgebung:

Böll, Heinrich
verstorbener Schriftsteller mit Wirkungsstätte in Kreuzau-Langenbroich

Breuer, Grete
betage und an allem interessierte Kreuzauerin, Freundin von Christine Nolden

Diebel, Kurt
Hausmeister und enger Vertrauter von Sabine Hutmacher

Heinrichs, Bärbel
Freundin von Harald Kellers verstorbener Frau Marita

Hutmacher, Sabine Maria Dr.
Chemikerin und Abteilungsleiterin bei der Bremer AG

Keller, Harald
verwitweter Kommissar im Ruhestand

Klein, Elvira
Bäckereifachverkäuferin in der Backstube Büschel in Kreuzau

Kumaran, Niravi Dr.
Chemikerin aus Düren, einst Schützling Ruth Pitschers

Laprell, Marion
Atelierbesitzerin in Heimbach, Lebensgefährtin von Klaus Steffens

Martens, Henriette
Ehefrau von Prof. Dr. Sebastian Martens
Martens, Sebastian Prof. Dr.

Laborleiter bei der Bremer AG, kurz vor der
Rente und dem Durchbruch

Nolden, Christine
ständig auf der Suche nach Neuigkeiten, oft
in Begleitung Grete Breuers

Pitscher, Ruth
pensioniertes „Frollein vom Amt" mit unge-
wöhnlichen Hobbys

Steffens, Klaus
Pharmareferent in leitender Position bei der
Bremer AG

Uerlichs, Hape
mit Harald Keller befreundeter Polizeibeamter
in Kreuzau

van Damm, Hans
aktueller Dienststellenleiter der Kreuzauer
Polizei

von Bernau, Edda
entfernte Verwandte von Sabine Hutmacher, aus
Nideggen

Wesseling, Thorsten
Pharmareferent bei der Bremer AG, Schützling
von Klaus Steffens

Wergen, Angela
Hausmeisterin und Zugehfrau von Klaus Steffens

Folgende Personen wohnen etwas weiter weg:

de Fabia, Carina
Ehefrau von Karl August Hutmacher

Hutmacher, Karl August Dr.
Sabines Vater, lebt in der Schweiz

Salander, Ricky
Kumpel Kurt Diebels, lebt in Dänemark

Wesseling, Jolantha
Mutter von Thorsten, wohnt mit ihrer Familie
in Köln-Holweide

1.

Die letzten Dates hat sie im Nachhinein bitter bereut.'Lord Archie' und der 'Wilde Waldemar' sind ein Reinfall erster Güte gewesen. Warum sollte das jetzt mit dem 'Eifeltiger' anders werden? Eigentlich will sie ja sowieso die Finger von diesen Geschichten lassen. Und sich vielleicht einmal in einer realen Beziehung versuchen. Mit einem real existierenden Mann, der immer auf irgendeine Art und Weise greifbar ist. Bei dem bloßen Gedanken an 'immer' schnürt es ihr schon die Kehle zu und kleine Tröpfchen von Angstschweiß bilden sich an ihren Haarwurzeln. So trifft Ruth jetzt eine Entscheidung: Den 'Eifeltiger' wird sie noch treffen und sich danach bei ihrem Hausarzt eine Überweisung zur Psychotherapie holen. Ja, genau so soll es sein.

Den 'Eifeltiger' will sie in Bitburg treffen. Die letzten Treffen mit ihren Verabredungen vom Dating-Portal für reifere Menschen haben in unmittelbarer Nähe von Kreuzau stattgefunden. So hat sie den 'Wilden Waldemar' in der Ewigen Lampe in Nideggen getroffen. Aber da ist immer die Sorge, dabei von Bekannten „erwischt" zu werden. Dabei ist sie nun wahrlich alt genug und keinem Rechenschaft schuldig. Natürlich auch nicht ihrer Schwester Marianne, die wegen einer Demenzerkrankung des Alzheimer Formenkreises im Schiller-Euler-Stift in Niederau betreut wird. Marianne Hages hat noch oft gute Phasen, in denen sie völlig klar ist. Und es würde Ruth nicht wirklich wundern, wenn Marianne – die ehemalige Lehrerin mit dem ausgeprägten Einfühlungsvermögen – über ihr vermeintlich heimliches Daten Bescheid wüsste. Was soll's. In einer Stunde will sie losfahren. Jetzt gilt es zunächst, die Kleider-Frage zu klären.

2.

Zuletzt beschäftigten sie sich intensiv mit der Geschichte der Kreuzauer Burg und der von Torkschen Familiengeschichte. Dann gab es da auch noch seine spezielle Brexit-Einlage. Die Geschichte der Briten passt natürlich theoretisch nicht zum Kreuzauer Geschichtsverein, dem er vorsteht. Aber Gusti Hoffmann bekundete da ihr spezielles Interesse und riss die anderen gleich mit. Wenn sich die 96-Jährige einmal etwas in den Kopf gesetzt hat …

Auch jetzt hat das liebenswürdig und resolute „Fräulein" wieder sein Wunsch-Thema eingebracht. Nun beschäftigt sich der Verein, und ganz besonders Harald Keller, mit „Jüdischem Leben in Kreuzau vor und während des sogenannten 3. Reiches".

Gusti hat ihn bekniet: „Komm, Harald. Über Burg und Jedöns können wir noch immer sprechen. Aber was das 3. Reich und die Juden betrifft, da sterben bald die letzten Zeitzeugen weg." Und mit einem schelmischen Lachen hat sie hinzugefügt: „Ich bin auch nicht für die Ewigkeit gemacht. Aber zu diesem Thema kann ich noch einiges beitragen."

Also hat er zugestimmt, wie alle anderen auch. Und jetzt sitzt er über Heinrich Bölls Aufsatz 'Die Juden von Drove', ist fasziniert, von manchem nur angewidert und verspürt das dringende Bedürfnis, frische Luft zu schnappen. Es ist ein wunderschöner spätsommerlicher Samstagnachmittag. Er könnte Maritas Grab aufsuchen und mit Ruth Pitscher vor der 'Alten Schmiede' einen Kaffee trinken oder vielleicht ein Eis essen. Seitdem er und Ruth Ende März wesentlich zur Aufklärung des Mordes an Jochen Schumacher beigetragen haben, treffen sie sich fast wöchentlich zu einem Kaffee oder einem Minztee. Wobei Ruth nach 18 Uhr auch gerne mal ein Glas Merlot trinkt. Aber heute hat sie etwas vor. Sie hat sich allerdings diesbezüglich nicht wirklich äußern wollen.

Ein Blick aus dem Wohnzimmerfenster zeigt ein gepflegtes kleines Beet und sein geliebtes Fahrrad. Keller legt den Aufsatz Bölls beiseite, schnappt sich seinen Helm und geht durch die Verandatür nach draußen. Die Luft ist einfach herrlich und sein Plan steht. Er wird über die Alte Gasse zum Bildstöckchen und dann Richtung Burgauer Wald fahren, dann später die Kuhbrücke passieren und der Rur entlang nach Schneidhausen fahren. Auf dem Weg will er ein paar Blumen pflücken und Marita mitbringen. Sie hat diese bunten Wildblumen-Sträuße immer so sehr gemocht.

3.

Die Stimmung zwischen den Zweien ist angespannt. Mehr als angespannt. Ein empathischer Mensch würde sofort feststellen, dass die beiden Personen sich einmal ziemlich nahe gestanden haben. Man kann das erahnen … festmachen am Grad der Wut, die sich gerade bei der älteren der beiden Personen bemerkbar macht. Das Zittern in der Stimme, die es gewohnt ist, vor vielen Menschen und „hohen Tieren" zu sprechen, spiegelt Enttäuschung wieder. Träten dem Mann jetzt Tränen in die Augen, wäre man nicht verwundert.

„Es ist an der Zeit, dass du dich den Dingen stellst. Über's Wochenende werde ich jetzt nichts unternehmen. Aber … "

„Aber …", äfft die jüngere Person ihn nach. „Ich hab' dich mal bewundert. Wollte so werden wie du. Warum eigentlich? Du sitzt auf so einem verdammt hohen Ross: Moral ist völlig überbewertet. Moral muss man sich leisten können. Du kannst das. Ich nicht! Tu', was du nicht lassen kannst."

Abrupt dreht sich diese Person um, und geht … nein schreitet … entlang der Picasso-Drucke aus der Blauen Periode in die gepflegte Gartenanlage. Die ältere Person bleibt zurück. Sprachlos und, wie es scheint, ratlos.

4.

Sie hat sich letztendlich für einen silbergrauen taillierten Nadelstreifenanzug entschieden, der so wunderbar mit ihrem grauen Pagenkopf harmoniert. Dazu ein eng anliegendes rotes Shirt, das mittels Push-up-BH ein schönes Dekoltee zeigt. Noch bedient sie mit ihren heiß geliebten knallroten Doc Martens Kupplung, Gas und Bremse ihres Minis. Diese sollen aber bei der Ankunft in Bitburg durch schwarze Pumps ersetzt werden.
„Ihr Ziel befindet sich in 100 Metern auf der linken Seite", verkündet das Navi. Ruth findet eine Parkbucht, trägt noch einen Hauch Lippenstift auf, wuschelt mit der linken Hand ihre Frisur ein bisschen durcheinander und

wechselt die Schuhe. Mit einem verstohlenen Blick zum Bürgersteig rückt sie ihren BH noch einmal zurecht und verlässt dann ihr Auto. Warum nur ist sie heute so aufgeregt? Sie hat doch schon viele Dates gehabt. Noch einmal tief durchatmen und dann möglichst gelassen die Treppe zum Hotel 'Eifelpalast' hochgehen.

5.

Das schöne Wetter hat auch die Damen Breuer und Nolden ins Freie gelockt. Gretchen und Christinchen schieben ihre Rollatoren durch den Ort und steuern die Bäckerei Büschel in Sparkassen-Nähe an.

„Beeil dich, Gretchen! Da draußen ist noch ein Tisch frei!"
„Ne alte Frau ist kein D-Zug," kontert Grete Breuer und ruft über die Straße der netten Bäckereiverkäuferin Elvira Klein zu: „Huhu, Frollein! Halten Sie den Tisch frei für uns."
Elvira Klein ruft zurück: „Mache ich. Zwei Kaffee und 'Riemchenstaat' wie immer?"
„Ja," schreit nun Christinchen. „Bitte Apfel-riemchen."

Hastig überqueren die Seniorinnen die Straße. Die Fahrerin des weißen Jaguars tritt heftig in die Bremsen und fährt dann kopfschüttelnd weiter.
„Das war die Hutmacher. Die ist aber flott unterwegs", schüttelt Christine den Kopf.
„Wer ist denn 'die Hutmacher'?", will Grete Breuer wissen.
„Ach Gretchen, bei der Haute Volaute kennst du dich aber gar nicht aus."
Dieser unverhohlene Tadel kränkt Grete sehr,

zumal sie noch immer unter der Schmach zu leiden hat, dass ihr Neffe Werner nicht zum persönlichen Berater des Bürgermeisterkandidaten avancieren konnte, da selbiger auf der Flucht vor der Polizei unglücklich stürzte und verstarb. Krampfhaft überlegt sie, was sie dagegen setzen kann.

„Weißt du denn eigentlich, dass meine Schwägerin vor ihrer Heirat bei den Schillers als Kindermädchen tätig gewesen war?", betont Gretchen jede einzelne Silbe und blickt ihre Freundin Beifall heischend an.
„Ach, meine Liebe," rückt Christine Nolden sich ihren Stuhl zurecht: „Du hast wirklich keine Ahnung. Die Frau Schiller, für die deine Schwägerin gearbeitet hat, war die Großmutter von Dr. Sabine Maria Hutmacher. Und die Mutter von Sabine hieß Gesine Schiller bevor sie Dr. Karl August Hutmacher geheiratet hat. Gesine ist ganz früh an Krebs gestorben. Auf die hat deine Schwägerin dann bestimmt aufgepasst."

„Ja, Gesine hieß die Kleine. Das hat Margot oft erzählt", beeilt sich jetzt Gretchen zu sagen. „Und die Tochter von Gesine wohnt in Kreuzau?"
„Nein, die wohnt in Köln. In einer feinen Gegend. Marienburg heißt das. Ich weiß nicht, ob du davon schon einmal gehört hast."
„Aber sicher", so Gretchen empört. „Und was macht die denn dann in Kreuzau?"
„In Nideggen wohnt noch Verwandtschaft. Eine Cousine ihrer Mutter. Edda von Bernau. Wahrscheinlich fährt sie dahin."
„Was du alles weißt", äußert sich Gretchen begeistert und auch ein bisschen neidisch. „Dann muss das Auto von der Hutmacher ja ein Kölner Kennzeichen haben."

„Das Auto hatte ein Kölner Kennzeichen", erwidert Christinchen. „Hast du das denn nicht gesehen?"
„Ja wie denn? Die hat mich doch beinahe überfahren", sagt Gretchen und bekreuzigt sich.

Das Gespräch der Damen endet jäh, als Elvira Klein mit zwei Kaffee und der 'Riemchenstaat' an ihren Tisch kommt.

6.

Ruth steckt sich das kleine silberne Herz ans Revers, checkt ein und sieht sich verstohlen in der Lobby um. Ein gepflegter, gutaussehender Herr in ihrem Alter schaut ein paar mal zu ihr rüber. Kommt näher, starrt sie unverhohlen an und lacht. Und kann gar nicht mehr aufhören zu lachen. Ruth will schon zu einer schnippischen Bemerkung ansetzen, da umarmt er sie mit einem kräftigen Druck, schiebt sie ein bisschen zurück und lacht wieder.

„Ruth? Ruth Pitscher?"
„Und Sie?", fragt Ruth irritiert.
„Mensch, Ruth! Kennst du mich wirklich nicht mehr?"

Jetzt ist es an Ruth, ihr Gegenüber ein bisschen zurückzuschieben. Dann dämmert ihr, wen sie vor sich hat: „Klaus! Klaus Steffens!" Sein Blick streift das kleine Herzchen auf ihrem Revers.

„Du bist Silberherz_17?", lacht er schallend.
„Du bist der Eifeltiger?!", prustet Ruth los.
Sie umarmen sich wieder.

„Also ich weiß nicht, wie du das siehst … ",
blickt Klaus sie fragend an.

„Keine Angst, du Eifeltiger! Ich will keinen
wilden Sex mit dir."
„Eigentlich passt das wunderbar. Ich wollte
sowieso mit diesen Abenteuern aufhören."
„Ich auch, Klaus. Ich auch."

Freundschaftlich legt Klaus den Arm um sie.

„Hast du Zeit, Ruth? Ich leite hier morgen
eine Tagung und hab für die Nacht ein Zimmer
gebucht."
„Ich auch", lacht Ruth. „Nee, keine Tagung.
Aber ein Zimmer."
„Dann schlage ich vor, du bringst deine Sachen auf's Zimmer, ziehst ein Paar bequeme
Schuhe an und wir machen einen ausgiebigen
Spaziergang. Und heute Abend lade ich dich
zum Essen ein. Mit einem guten Wein. Schwörst
du eigentlich noch immer auf Merlot?"
„Das weißt du noch?", staunt Ruth. „Schlage
vor, wir treffen uns um vier wieder hier in
der Lobby. Jetzt gehe ich erst einmal meine
bequemen Schuhe aus dem Auto holen."

7.

Das ist einer dieser Tage, an denen sie sich
ständig fragt, ob es so eine gute Idee gewesen ist, nach Kreuzau zu ziehen. Wenn auch
nur inoffiziell und heimlich. Anfänglich hat
sie es genossen, in dem gut versteckten Anwesen am Waldrand zu wohnen. Wo ein unscheinba-
res Klingelschild den Namen ihres Helfers
anzeigt. K. DIEBEL ist auf der Klingel auf
dem schlichen Gartentor zu lesen.

Normalerweise parkt sie den Wagen außerhalb Kreuzaus, wenn überhaupt. Normal ist eigentlich, in Kreuzau den schwarzen Golf zu nutzen, den Kurt Diebel auf seinen Namen angemeldet hat. Auf Diebel ist Verlass. Sie hatte ihn vor vielen Jahren im Rahmen ihrer Charity-Tätigkeit kennengelernt. Seine Mutter war, ebenso wie die ihre, früh an Krebs gestorben. Er war auf die schiefe Bahn geraten. Sie hatte ihm eine Chance gegeben. Einen festen Job mit Renten- und Krankenversicherungsbeiträgen, Urlaubsansprüchen und 14. Monatsgehältern. Im Gegenzug hatte sie Loyalität gefordert … und bis heute bekommen.

Eigentlich ist sie gerne in Kreuzau, an fünf bis zehn Tagen im Monat. Aber sie möchte hier nicht erkannt werden. Als Kreuzauer Bürgerin müsste sie jedes Grußwort für zumindest jeden zweiten Verein schreiben oder schreiben lassen. Sämtliche Wohltätigkeitsveranstaltungen müsste sie dann moderieren oder zumindest eröffnen. Sie müsste Hände schütteln. Ständig. Man würde sich mit ihr fotografieren lassen, um sich selbst aufzuwerten. Alte Damen würden sich sogar erdreisten, sie zu umarmen. „Sie gleichen so ihrer lieben Mutter", würden sie sagen und ihren Arm tätscheln. Widerlich. Einfach nur widerlich.

In Marienburg und rund um die Firma gibt es genug offizielle Auftritte, und da ist immerhin ein gewisser Stil garantiert. Aber heute Mittag ist sie wutentbrannt in Köln losgefahren und hat nicht nachgedacht. Und dass sie den Jaguar fährt, hat sie erst in dem Moment registriert, als sie fast eine der beiden alten Schachteln über den Haufen gefahren hat. Wie die sie angesehen hat. Das ist bestimmt auch so eine von diesen grapschenden

Kindchen-Sie-sind-Ihrer-Mutter-wie-aus-dem-Gesicht-geschnitten-Schachteln. Die hat sie vermutlich erkannt. Aber sie wird denken, dass sie Edda besucht. Edda! Diese alte Ziege mit dem aufgesetzten Aristokraten-Getue und diesem mitleidigen Blick und dem saublöden Spruch: „Kindchen, meinst du nicht, es sei an der Zeit, dich zu vermählen? Jünger wirst du auch nicht. Da ist schon eine gewisse Eile geboten."

Sie fährt die Alte Gasse hoch zum Bildstöck-chen, bleibt stehen und telefoniert: „Kurt, du musst den Wagen nach Köln bringen. Nicht zur Villa. Stell' ihn in ein Parkhaus und komm' dann mit der Bahn zurück."

8.

Ausgelassen wie zwei Teenager und ein biss-chen außer Puste stürmen Klaus Steffens und Ruth Pitscher die Lobby des 'Eifelpalastes'.

„Kann das sein, dass der nette Herr an Rezeption von unserem etwas legeren Outfit nicht so begeistert ist?", stößt sie ihren Beglei-ter in die Rippen.
„Vermutlich", antwortet Klaus. „Aber er be-wahrt die Contenance. Willst du dich wirklich zum Abendessen umziehen? Ich mag deine Latz-hose und die knallroten Doc Martens."
„Wozu hab ich eine Stunde vor meinem Kleider-schrank zugebracht? Nee, nee. Da musst du nun durch. Zum Essen gibt es mich als Schick-Va-riante. Und das erwarte ich von dir auch."

Damit drückt sie ihm einen Kuss auf die Wange und hüpft zum Fahrstuhl. Klaus sieht ihr nach

und lässt die gemeinsame Abi-Zeit passieren.
Warum war damals nichts aus ihnen geworden?
Geknistert hatte es ja schon ein paarmal.
Aber vermutlich zu selten. Sie war ihm wohl
eine Spur zu burschikos gewesen. Und er war
ziemlich oberflächlich gewesen, muss er sich
selbst eingestehen. Lange Beine, lange Haare
und große Oberweite und großes Bankkonto.
Heute nimmt er manches anders wahr. Und das
hat sehr viel mit Marion zu tun. Marion und
Ruth würden sich mögen. Er wird die beiden
einander vorstellen. Allerdings will er dann
die Begegnung mit seiner alten Jugendfreundin
als Zufall darstellen.

9.

Da ist es wieder. Das Gefühl, nicht gut genug
zu sein. Das Gefühl, nicht um seiner selbst
Willen geliebt zu werden. Das Gefühl des be-
dingungslosen Geliebtseins hat er nur bei
seiner Mutter gehabt. Und bei seinem kleinen
Bruder Mike, der leider viel zu früh gestorben ist. Mit gerade mal 13 Jahren. Mike war
immer schon schwächlich gewesen und er hatte
ihn beschützt. Aber gegen den Krebs hatte er
ihn nicht beschützen können. Das hatte keiner
gekonnt. In der letzten Zeit hat er nicht
mehr so oft an Mike gedacht. Aber heute ist
wieder so ein Tag. Er könnte Mikes Grab besuchen … oder seine Familie.

Zumindest seine Mutter würde sich sehr darüber freuen. Auch er wäre dann für einen kurzen Moment so etwas wie glücklich. Aber schon
nach zehn Minuten würde sich die Diskrepanz
bemerkbar machen, zwischen seiner jetzigen
Welt und seiner Holweider Kinderstube. Über

was sollten sie sprechen, wenn seine Mutter die Umarmung lockerte? Über Mutters Putzjob, den sie neben ihrer Arbeit in der Wäscherei noch angenommen hatte, weil sein Vater ein fauler Hund war? Über sie vielleicht? Sollte er seiner Mutter von der faszinierenden Frau erzählen, die ihre Beziehung nicht publik machen wollte … oder nur unter bestimmten Umständen? Nein, das war jetzt nicht der richtige Zeitpunkt, um nach Hause zu fahren. In Gedanken nennt er diese Welt noch immer Zuhause, aussprechen würde er das niemals. Schon komisch, die räumliche Distanz zwischen ihm und seiner Familie und ihm und der Frau, bei der er manchmal sein darf, ist wesentlich größer, als zwischen seiner Familie und eben dieser Frau. Es gibt eine Chance für sie und ihn. Er muss jetzt nur die Nerven behalten.

10.

Ruth hat nicht zu viel versprochen. Als Chic-Variante macht sie schon was her. Die graue Nadelstreifen-Kombination, in der er sie beim Einchecken gesehen hat, bietet auch einen eng anliegenden Rock anstelle der Hose. Nun trägt sie wieder ihre High Heels und eine graue Bluse im Carmen-Stil lässt einen Träger ihres roten BHs keck hervorblitzen. Klaus vermutet zu Recht, dass es sich um einen Push-Up handelt. Ihm fällt plötzlich ihr mein-Busen-ist-viel-zu-klein-Komplex wieder ein und am liebsten würde er sie an sich drücken, wie man das mit einem kleinen Kind macht, und ihr sagen, dass sie so liebenswert ist … genau so, wie sie ist. Aber er ist sich unsicher, wie das wohl bei ihr ankommen mag. Und dann sind da auch noch diese Bauchschmerzen.

„Schmeckt's dir?", will er wissen.

„Super lecker", antwortet Ruth. „Und da du ja kein echtes Date bist, brauche ich auch den Bauch nicht einzuziehen und kann ganz unauffällig den Reißverschluss meines Rockes ein bisschen öffnen."

Jetzt bemerkt sie, wie blass er ist: „Klaus, was ist los mit dir? Du bist ja ganz bleich geworden. Rede ich zu viel? Schmeckt dir das Essen nicht? Kann ich etwas für dich tun?"

Klaus lockert den Knoten seiner Krawatte und ringt sich ein Lächeln ab: „Das ist nur mein Magen. Der meldet sich leider immer wieder. Besonders dann, wenn ich mich aufgeregt habe. Da gibt es eine unschöne Geschichte mit meinem … ähh … nennen wir ihn mal 'pharmazeutischen Ziehsohn'. Aber daran möchte ich jetzt nicht denken. Ich nehme eine Magentablette und dann geht es mir spätestens in einer halben Stunde wieder besser."
Er drückt eine kleine Tablette aus dem Riegel und spült sie mit einem Schluck Wasser hinunter. Dann nippt er am Merlot, den er Ruth zu Ehren bestellt hat und sieht sie an: „Auf dich, Ruth. Und auf einen schönen Abend."

„Ach, Klaus. Darf ich offen sein? Quatsch! Bin ich sowieso," lacht sie und fährt dann fort: „Du konntest ja schon manchmal ein ganz schöner Schnösel sein. Das Schnöselige hast du komplett abgelegt. Dafür ist bestimmt eine Frau verantwortlich. Erzähl' mir von ihr."

Und Klaus erzählt von Marion, der unkonventionellen, die eine Galerie in Heimbach hat …

11.

Im Moment muss er ständig an seine Kindheit denken. An seine Jugend. Und Träume, die keinen Weg in die Realität gefunden haben. An Mike, an die Mutter, an Margit und natürlich auch an die schöne Unnahbare, die so viel von ihm verlangt.

Im Juni 1976 wurde er auf der so genannten 'schääl Sick' in Köln geboren. Und Erzählungen zufolge soll sein Vater in diesem Moment im Feinripp-Unterhemd, mit einer Flasche Bier am Hals und dem dreijährigen Darius auf dem Schoß, vor dem Fernseher gesessen und Eduard Zimmermann und XY gesehen haben. Karl-Heinz Wesseling war nie einer von der 'schnellen Truppe' gewesen. Und hätte er nicht die fleißige Jolantha Dobranski kennengelernt, wäre er wahrscheinlich hoffnungslos untergegangen. Das hatte sein Vater auch immer gewusst, und deswegen auch den ausgeprägten polnischen Katholizismus der Mutter in Kauf genommen. Er hatte sich ausgeruht auf der Erklärung 'Ich finde keinen Job, weil ich nichts Richtiges gelernt habe' und die Mutter arbeiten lassen. In der Wäscherei und zusätzlich als Putzfrau. Auch Dariusz wollte anders werden als der Vater. Ganz anders. Aber sein Bruder hatte darunter etwas ganz anderes verstanden: Boxen und in der Fabrik malochen … solange, bis er sich ein eigens Box-Studio leisten und aufbauen kann. Für Thorsten selbst hatte 'anders als der Vater werden' bedeutet, einen weißen Kittel zu tragen und keinen grauen, wie sein Vater, wenn der nicht gerade wieder arbeitslos war und im Feinripp-Unterhemd vor der Glotze hing. Seine Lehrer bezeichneten ihn als sehr wissbegierig und empfahlen den Eltern, ihn nach der Grundschule die Realschule in der Lassallestraße besuchen zu lassen. Das war für seine Familie schon etwas Besonderes und Jolantha war mächtig stolz auf ihren Sohn gewesen.

Vor seinem geistigen Auge ziehen die Stationen des kleinen Jungen vorbei, der seinen Namen trägt. In Chemie und Biologie ist Thorsten richtig gut. Ansonsten ist er ziemlich einsam. Die Kinder aus der Nachbarschaft interessieren sich nicht so für die Schule. Die Kinder aus den besseren Familien interessieren sich nicht für ihn. Mit dem Vater streitet er sich nur, die Mutter bewundert er wegen deren Fleiß und Ausdauer. Aber worüber soll er mit ihr reden? Über binomische Formeln oder die Relativitätstheorie? Dariusz ist zu diesem Zeitpunkt schon stark und zielstrebig. Das imponiert ihm. Seine Schwester Saskia ist ein Flittchen und Mike ist klein und schutzlos und liebenswert. Die Lehrer bestärken ihn in seiner Idee, nach der mittleren Reife eine PTA-Fachschule in Aachen zu besuchen. Er bekommt BAföG, verdingt sich nebenbei als Fahrradkurier für eine Apotheke und zieht in eine kleine Wohnung in Nord-Düren.

Sein Smart-Phone klingelt und reißt ihn aus seinen Gedanken. Allerdings ist das nicht der ersehnte Anruf. Sie lässt ihn warten. Wieder. Wie so oft in letzter Zeit.

12.

Das Licht ist stark gedimmt. Dies ist aber nicht einer plötzlich aufkommenden romantischen Stimmung geschuldet, sondern lediglich Klaus' Zustand. Die während des Essens eingenommene Magentablette hat leider nicht die entsprechende Wirkung entfaltet. Und so haben Ruth und Klaus auf ein Dessert verzichtet und sich mit einer Flasche Merlot und feinperligem Mineralwasser auf Klaus' Hotelzimmer zurückgezogen. Und dort sitzen sie jetzt auf dem Doppelbett. Klaus nutzt das Kopfteil als Rückenstütze und Ruth das Fußteil. Er hat sich mittlerweile seiner Krawatte entledigt und hat das Hemd fast bis zum Bauchnabel aufgeknöpft. Und trotzdem bleibt da dieses unangenehme Druckgefühl. Aber es tut gut, einen Menschen bei sich zu wissen, vor dem er nicht funktionieren muss. Ruth hat sich des unbequemen engen Rocks entledigt und überlegt, wie sie Klaus helfen kann.

„Willst du nicht deine Marion anrufen?"
„Nein!
„Soll ich deine Marion anrufen?"
„Untersteh' dich!"
„Ach, Klaus. Was kann ich denn für dich tun?"
„Es wird mir bestimmt gleich wieder besser gehen. Erzähl' mir einfach aus deinem Leben. Erzähl mir, warum du dich auf Dating-Portalen herumtreibst. Und warum du es eigentlich sein lassen möchtest."
„Ich weiß nie genau, welche Angst größer ist: Das einer bleibt, oder das einer geht. Aber ich weiß, dass ich das bald klären sollte. Meine Zeit ist begrenzt."
„Ja, meine auch. Deswegen will ich mich jetzt auch endlich ohne wenn und aber zu Marion bekennen."

Ruth streckt ihre Füße aus, berührt dabei Klaus' Zehenspitzen und holt tief Luft:
„Manchmal denke ich ja schon, es gibt da

jemanden, der es werden könnte. Aber dann kommt sofort diese … "

Sie unterbricht sich jäh. Klaus ist nun noch bleicher geworden, wischt sich über die kaltschweißige Stirn, reißt sein geöffnetes Hemd noch weiter auf und übergibt sich im Schwall. Einige Spritzer der undefinierbaren Masse treffen ihre hauchdünne graue Bluse. Sodass diese an einigen Stellen festzukleben droht.

„Das tut mir leid," sagt ein völlig erschöpfter Klaus und schiebt schnell hinterher: „Ich kauf' dir natürlich ne Neue."
„Quatsch, ich wasch' das im Bad aus. Kann' ich was für dich tun?"
„Wasch' die Bluse aus und gönn' mir fünf Minuten Ruhe. Dann bin ich wieder der Alte."
„Okay. Aber ruf mich, wenn ich doch etwas tun kann."
„Ab ins Bad!"
„Ey ey, Sir", macht Ruth eine zackige Bewegung und geht auf Strumpfhosen ins Bad.

Sie zieht ihre Bluse aus und setzt eine Lauge aus lauwarmem Wasser und Haarshampoo an. Aus dem Schlafzimmer dringen immer lauter Röchel- und Würgelaute zu ihr. Sofort lässt sie alles fallen und läuft rüber.

„Klaus, Klaus!", ruft sie immer wieder.

Doch Klaus antwortet nicht. Er sitzt noch immer in der gleichen Position wie vor wenigen Minuten. Allerdings ist sein Oberkörper jetzt ein wenig zur rechten Seite gerutscht. Der rechte Mundwinkel hängt nach unten und eine weißliche Flüssigkeit tritt aus. Seine Augen scheinen zu starren. Bewegungslos. Klaus ist tot.

13.

Nach seinem gestrigen Radtöurchen hat er sich wieder Bölls Essay über die Drover Juden gewidmet und dort gelesen:

Ich stelle mir vor, daß ein Junge in Drove, 1983 geboren, im Jahr 2000 17 Jahre alt, am Gedenkstein für die jüdischen Mitbürger stutzig wird, nachzudenken beginnt, den so romantisch stillen Judenfriedhof entdeckt; vielleicht ist er einer, der wissen möchte, wo er lebt, wissen möchte, was alles im Dorf und ums Dorf herum geschehen ist. Geschichte also beginnt ihn zu interessieren, und er beginnt zu fragen und nachzuforschen. Wer war das, warum wohnen sie nicht mehr hier, wo sind sie geblieben, die Juden? Israelis, die mag er kennen. Waren die etwa hier, hatten eine Kolonie hier oder waren gar als Besatzung hier? Wenn der Junge zu fragen beginnt, wird kaum noch jemand leben, der noch einen Drover Juden gekannt hat, und doch kannte hier, wie in den Dörfern üblich, jeder jeden. Auf diesem idyllisch gelegenen, im Jahr 2000 wahrscheinlich romantisch versunkenen Friedhof kann der Junge 59 Gräber zählen. So wenige Juden können das also nicht gewesen sein. Wo sind sie geblieben? War da eine Art Rattenfänger am Werk, hat sie betört und verzaubert, weggeführt, und man hat nie wieder von ihnen gehört?

Und dieser Junge wäre jetzt schon 36 Jahre alt, überlegt Harald. Was wäre wohl aus ihm geworden? Hätte er nachgedacht, nachgefragt … oder würde er der neuen Generation von Rattenfängern folgen? Gusti Hoffmann hat Recht, dieses Kapitel der Gemeinde darf nicht ver-

gessen werden. Und als Vorsitzender des Ge-
schichtsvereins fühlt er sich in die Pflicht
genommen. Er hat angefangen, aufzuschreiben,
was Gusti bislang als Zeitzeugin erzählt hat,
so er sich denn erinnern kann. Darüber hat er
die Zeit und alles um sich herum komplett
ausgeblendet. Eben erst hat er bemerkt, dass
Ruth ihm auf den Anrufbeantworter gesprochen
hat. Sie hat sich so traurig angehört. Aber
sie ist nicht erreichbar gewesen, weder über
Festnetz, noch über Handy. Nach dem Frühstück
will er es noch einmal versuchen.

„Herr Keller, ein Körnerbrötchen wie immer?",
reißt ihn Elvira Klein aus seinen Gedanken.
„Ja, und bitte ein Buttercroissant dazu!"
„Gerne!"

„Herr Kommissar, Herr Kommissar", schiebt
Gretchen Breuer aufgeregt ihren Rollator zur
Tür herein. „Nun sagen Sie bloß, sie wissen
es noch nicht?"
„Ihnen auch einen Guten Morgen, Frau Breuer",
lacht Harald. „Was soll ich denn so unbedingt
wissen?"
„Jesses Majo, nee", bekreuzigt sich Gretchen
Breuer. „Das Frollein Pitscher ist doch ver-
haftet worden. Sie steht unter Mordverdacht!"

„Frau Breuer, da bringen Sie bestimmt etwas
durcheinander", versucht Harald, sich selbst
zu beruhigen.
„Aber wenn ich's doch sage. Der Herr van Damm
verhört die gerade."
„Und Sie wissen das von ihrem Neffen?", däm-
mert es Harald Keller.
„Ja. Ich dürfte das aber nicht erzählen."
„Ja, Sie nicht. Und ihr Neffe nicht. Und van
Damm erst recht nicht!"

Sofort ärgert er sich, seine Gedanken laut ausgesprochen zu haben. Gretchen Breuer zuckt zusammen. Auch wenn Herr Keller nicht mehr im Dienst ist, so bleibt er doch eine Respektsperson.

„Frau Breuer, natürlich dürfen Sie erzählen, was Sie möchten. Wissen Sie denn, ob die Frau Pitscher noch beim Verhör ist?"
„Bestimmt. Der Herr van Damm ist nämlich noch nicht beim Frühschoppen."

Harald ist plötzlich wieder van Damms ausgiebiger allsonntäglicher Frühschoppen präsent, der ihm an anderer Stelle schon hilfreich gewesen ist. Und wenn Hans van Damm aus irgendeinem Grund nicht rechtzeitig zu diesem Frühschoppen kommt, dann hat er schlechte Laune. Richtig schlechte Laune. Und dann ist Ruth in einer schrecklichen Situation. Ach, wäre er doch nur gestern Abend noch ans Telefon gegangen.

14.

Hans van Damm ist voll in seinem Element. Den Lichtstrahl der hässlichen braunen Schreibtischlampe hat er auf Ruth Pitscher gerichtet. Nur leicht. So dass diese zwar geblendet ist, er sich aber jederzeit mit einem Versehen herausreden könnte. Er klopft mit beiden Zeigefingern auf die schwarze Schreibtischmatte und starrt sie unverhohlen an. Hans Van Damm genießt die Befragung, zumal er weiß, dass sein verhasster Vorgänger Keller entweder jetzt schon vor der Tür sitzt, oder bald dort sitzen wird. Er ist so sehr von seiner momentanen Position begeistert, dass er noch nicht einmal seinen Frühschoppen vermisst.

„So, wertes Frollein Pitscher … dann machen wir mal weiter."

„Frau Pitscher!"

„Okay. Frau Pitscher! Da haben Sie also mal ganz locker mit ihrem alten Freund, den sie seit fast 50 Jahren nicht mehr gesehen haben, auf'm Bett gesessen … ohne Röckchen und ohne Blüschen … mit Push-up-BH und über alte Zeiten gesprochen. War doch so, Frau Pitscher?"

Ruth, sonst nicht auf den Mund gefallen, ist sprachlos ob seiner Unverschämtheiten. Ihr Mund versucht Worte zu formen, aber alles würde wie eine Rechtfertigung klingen. Sie muss sich nicht rechtfertigen. Schon mal gar nicht vor diesem Emporkömmling. Der spielt mit der Lampe, so dass der Lichtstrahl jetzt ihren Busen trifft.

„Was sagt denn die Frau Laprell dazu? … Ach, dazu hab ich mir ja 'ne Notiz gemacht. Tolle Frau. Lange Haare, dicke … Na, egal … Sie haben also nur geredet … Wollte er denn nicht mehr? Oder konnte er nicht mehr?"

Van Damm schüttelt sich vor Lachen ob seines genialen Witzes. Kriminalistisch ist hier nichts zu holen, das ist ihm klar. Und seinen Spaß hat er gehabt. Soll Hans-Peter Uerlichs mal nach Heimbach fahren und sich im Hause Steffens umsehen … dann kann er endlich zum Frühschoppen fahren und diesen vermeintlichen Fall schnell abschließen. Vielleicht kann er morgen mal mit den Kollegen in Bitburg telefonieren, oder Uerlichs telefonieren lassen.

„Hmmm, Frollein Pitscher. Ihre Fingerabdrücke brauchen wir noch. Darum haben die Kollegen gebeten. Da müssen sie sich noch ein kleines bisschen gedulden."

Er hat die Türklinke in der Hand und die Tür schon einen Spalt breit geöffnet. Dreht sich aber noch einmal um und fährt sich mit der linken Hand durch sein gegeltes schwarz gefärbtes Haar: „Nun lassen Sie mal ihren Kopf nicht hängen. Auch wenn das mit dem Herrn Steffens nichts geworden ist. Draußen sitzt der Herr Keller und wartet auf Sie."

Ruth will schon aufatmen, da kommt van Damm noch einmal zurück: „Also das tut mir jetzt wirklich leid, aber jetzt ist auch der Keller weg. Ich würde Sie ja gerne mitnehmen, aber zum Frühschoppen sind leider nun mal keine Frauen zugelassen. Auch keine Älteren."

Mit einem siegessicheren Lächeln verlässt van Damm endgültig den Raum. Was er nicht weiß: Harald Keller ist mit Hape Uerlichs unterwegs nach Heimbach. Zur Wohnung Klaus Steffens'.

15.

So wie sie Kreuzau hinter sich lassen, atmet er wieder ruhiger. Jetzt drückt er sich richtiggehend in den Beifahrersitz und streckt die Beine aus.
„Do kass disch och deng Schohn osträcke, Chef", sagt Hape Uerlichs. „Wemmer en Niedäje senn, holl ich disch ene Kaffe an der Tankstell on dann verzäll ich dich ens dat janze Spell he."

Harald Keller nickt nur dankbar. Er ist so froh gewesen, als sein ehemaliger Mitarbeiter ihm angeboten hat, mit nach Heimbach zu fahren. Dieses Warten auf Ruth. Die widerliche Stimme van Damms und dessen durchschaubare Taktik. Eigentlich ist er ja ein sehr ruhiger

Zeitgenosse. Es gibt nur zwei Menschen, die ihn zum Ausrasten bringen können, das sind van Damm und Bärbel Heinrichs, die Freundin seiner verstorbenen Frau. Von Bärbel hat er zum Glück seit einem halben Jahr nichts mehr gehört. Hape hat seinen Lieblingssender Radio Rur eingeschaltet und pfeift 'Beautiful People' von Ed Sheeran hingebungsvoll und ziemlich falsch mit. Hape ist so eine Seele von Mensch. Mit ihm nicht auszukommen ist eine Kunst, die nur Hans van Damm beherrscht. Hat Hape eigentlich aktuell eine Freundin? Doris, die letzte, hat ihm übel mitgespielt. Er will sich später mal erkundigen. Oder vielleicht besser nicht? Wenn Hape frisch verliebt wäre, würde er davon erzählen.

Drove haben sie nun längst hinter sich gelassen. Als sie den Ortsausgang passierten, hat er an den jüdischen Friedhof und den heute 36-jährigen Mann aus Bölls Aufsatz gedacht. Die Felder verkünden, dass der Sommer nun endgültig vorbei ist. Da ist auch schon die erste Abfahrt nach Boich. In diesem hübschen Ort, der noch zur Gemeinde Kreuzau gehört, hatte er sich mit Marita vor ganz langer Zeit ein Bruchsteinhaus angesehen. Es hatte ihnen sehr gut gefallen. Aber sie hätten dann zwei Autos haben müssen. Und so sind sie dann doch direkt nach Kreuzau gezogen. Bereut hatten sie das nie. Und Hape pfeift weiter. Aktuell einen Klassiker von Herbert Grönemeyer. Schon bei den ersten Tönen hat sich ein Kloß ist seinem Hals gebildet, das hat aber nichts mit Hape zu tun. Sondern vielmehr mit Marita, an die er gestern Abend schon so viel gedacht hat. Auch wenn sie nun schon seit fünfeinhalb Jahren tot ist, einmal im Monat bekommt er 'et ärme Dier', wie Hape so treffend formuliert. 'Wir waren verschworen. Wären füreinander gestorben. Haben den Regen gebogen. Uns Vertrauen geliehen', stößt Grönemeyer die Silben hinaus.

Sie war eine wunderbare Frau gewesen, seine Lady Mary.

„Ich ben ene Buur. Ich maach dat Leed uss.“
„Nee, lass mal, Hape“, antwortet Harald. „Da muss ich durch. Und es ist ja auch gleich vorbei.“

An der Tankstelle in Nideggen kauft Hape für seinen ehemaligen Chef einen Milchkaffee und eine extra große Tafel Schoko-Nuss und für sich selbst eine Cola und Gummibärchen. Und dann erzählt er in kurzen Zügen von den Kollegen aus Bitburg, die sich an Hans van Damm wendeten, wegen einer Befragung Pitschers. Nachdem diese am gestrigen Abend den Notarzt und der wiederum die Polizei angerufen hatte. Leider habe van Damm es sich nicht nehmen lassen, der Lebensgefährtin des Verstorbenen, Marion Laprell, die schlimme Nachricht persönlich zu überbringen, nachdem er deren Foto auf ihrer Homepage gesehen hat.

„Ond dann hätt der Hujeck de Frau Pitscher anjeroofe ond op et Revier bestahlt“, fährt Uerlichs in seinen Ausführungen fort. „Ävver dat weeste jo alt.“
„Die arme Ruth“, sagt Harald zerknirscht. „Ob van Damm sie wohl endlich hat gehen lassen?“
„Bestemp. Senge Fröhschoppe waat.“

Wie schön doch die Heimat ist. Abenden haben sie bereits passiert. Die Felsformationen sind einzigartig. Hausen ist auf dem Haltepunkt-Schild der Rurtalbahn zu lesen. Es war eine gute Idee, mit Hape in die Eifel zu fahren. Später will er sich ausgiebig um Ruth kümmern. Und wer weiß, vielleicht finden sie ja in Heimbach etwas, das für Ruth nützlich sein kann. Radio Rur hat jetzt die Oldies herausgekramt und spielt 'Sunday Bloody Sunday' von U2, Hape pfeift. Und er stimmt ein.

16.

Er findet einen Parkplatz an der Musikschule in Düren. Von dort aus sind es fünf Minuten bis zu seiner Wohnung in der Tivolistraße. Hier wohnt Thorsten Wesseling, seitdem er als PTA in der Anna-Apotheke angefangen hat. Manchmal hatte er sich mit seinem Bruder getroffen, der mittlerweile eine gut florierende Box-Bude sein Eigen nannte. Als Dariusz allerdings fragte, ob er rezeptpflichtige Wachmacher besorgen könne, hatte er abgelehnt. Nein, er wollte keine 'krummen Dinger' drehen. Sein Weg nach oben sollte ein ehrlicher sein.

Er schließt die Wohnungstür auf. Die lichtdurchfluteten hohen Räume des im Jugendstil erbauten Hauses findet er noch immer schön. Auch den edlen Stäbchen-Parkett-Boden, auf den er immer ein Auge hat. Ein Griff in den Topf der übergroßen Yucca-Palme verrät ihm schnell, dass akut kein Wasser notwendig ist. Sein Blick fällt auf den Anrufbeantworter. Da blinkt nichts auf. Das heißt, er findet auch hier keine Nachricht von ihr. Jetzt fällt sein Blick auf das eingerahmte Foto in dem hohen offenen Regal. Das einzige private Bild, das an seine Holweider Herkunft erinnert. Mike. 12-Jährig. Da war er schon von seiner Krankheit gezeichnet. Dass er mit all seinem Wissen den qualvollen Tod seines Bruders nicht hat verhindern oder zumindest abmildern können, hat er nie verwunden.

Er duscht ausgiebig und betrachtet seinen Körper im Spiegel. Die schmale Taille, über der sich der Latissimus imposant aufbaut. Die perfekt definierten Oberschenkel und Waden, die er seinen Mountain-Bike-Touren durch die hügeligen Eifelwälder zu verdanken hat. Er weiß, dass sein Körper ihr gefällt. Er weiß auch, dass der Körper ihres ehemaligen Liebhabers alt und schlaff ist. Und er weiß erst recht, dass er ihren Wünschen niemals nur durch seinen Körper gerecht werden kann.

Ja, sein Verhältnis zu den Frauen ist kein einfaches. Er breitet ein riesiges blaues Saunatuch über der sandfarbenen Ledercouch aus, um seinen Körper einer kräftigen Massage durch Arnika-Öl zu unterziehen. Damit er mit dem überschüssigen Öl weder Kleidung noch Bettlaken verschmiert, bleibt er so liegen und zappt sich durch die TV Programme. Bei Arte bleibt er hängen. Eine Doku des Robert-Koch-Instituts hat sein Interesse geweckt. Schnell merkt er jedoch, dass er nicht bei der Sache ist und seine Gedanken immer wieder um sie rotieren. Warum ist das eigentlich so kompliziert mit den Frauen? Also mit denjenigen, die ihn interessieren? Es ist ja nicht so, als ob die Frauen ihn nicht wahrnähmen. In Gedanken geht er ein paar Stationen durch. Die Holweider Mädchen, die ihm bei seinen seltenen Besuchen bei den Eltern Avancen machen. Manches Angebot hat er angenommen, aber da ist ein fader Beigeschmack geblieben. Und das Gefühl von Leere nach dem schnellen Sex. Immer wieder ist er danach froh gewesen, in Düren zu sein. In seiner schönen Wohnung. Da sind auch immer diese Träume gewesen, von einer Karriere als Pharmareferent, einer vorzeigbaren und intelligenten Frau und eben solchen Kindern. Und er ist überzeugt gewesen: Wenn man nur hart genug arbeitet, kann man alles schaffen. So hat er die Arbeit in der Apotheke auf 30 Stunden pro Woche reduziert und eine nebenberufliche Ausbildung zum Pharmareferenten begonnen.

Und dann ist Margit in sein Leben getreten. Margit Maubach, die herb schöne Assistenz-Ärztin, die er in der Apotheke kennenlernte. Sie haben viel Zeit miteinander verbracht und er hat sich seinen Zukunftsträumen nahe gesehen. Aber leider ist er nicht das gewesen, was sich Dr. Max Maubach unter einem idealen Schwiegersohn vorgestellt hat. Margit soll einmal die Praxis übernehmen und den entsprechenden Mediziner als Ehemann hat ihr Vater schon in petto gehabt. Und so sehr Margit auch die Zeit mit ihm genossen hat, auf die Praxis und Vaters Einfluss möchte sie zukünftig nicht verzichten. Das hat richtig weh getan. Er kann nun keinen Golf spielenden Vater mit Doktortitel vorweisen. Schmerzhaft ist auch die Erkenntnis gewesen, dass man mit Fleiß nicht alles erreichen kann. Ab da sind seine Besuche in Holweide noch rarer geworden. Aber seine Karriere hat Fahrt aufgenommen. Er bekommt eine Stelle als Pharmareferent bei Braunwald, bewährt sich dort und wird von Bremer abgeworben. Und bekommt einen Chef, der ihn protegiert und sich auch für ihn als Menschen interessiert. Er bekommt den Vater, den er nie hatte. Es folgen ein paar wirklich gute Jahre. Nur die Sache mit den Frauen will nicht so recht klappen. Ab und zu hat er ein Abenteuer. Nichts, was sein Herz wirklich berührt. Bis zu jenem verhängnis-

vollen Tag, als sie ihn auf einer Betriebs-
feier anflirtet hat …

17.

Ihre Haut ist längst aufgeweicht, trotzdem
lässt sie wieder und wieder heißes Wasser
nachlaufen. Lediglich ihr Kopf ragt aus aus
dem dampfenden Schaum heraus. Und manchmal
auch ihre Hände, wenn sie sich die Schweißperlen von ihrer Stirn wischt, damit diese
nicht in die Augen gelangen und dort brennen.
Aktuell weiß Ruth nicht, ob Schweißperlen
oder Tränen die Augenreizung verursachen. So
schön und herzlich das ungeahnte Wiedersehen
mit ihrer Beinahe-Jugendliebe Klaus auch gewesen ist, seit dessen plötzlichem Tod reiht
sich eine Demütigung an die andere. Dieser
jugendliche Schnösel von Notarzt, der sich
anzügliche Bemerkungen über Sex im Alter und
dessen Folgen im Allgemeinen und Speziellen
nicht hat verkneifen können, und dabei einen
mitleidigen Blick auf ihren Push-up-BH und
ihre Strumpfhosen geworfen hat. Gut, natürlich weiß sie, dass ihr ungewöhnliches Outfit
hat Fragen aufwerfen müssen. Aber die Art und
Weise, wie dieser Schnösel selbige geäußert
hat, ist einfach nur demütigend gewesen. Ein
junger Polizist, der wahrscheinlich aus einem
bestimmten Grund mit Wochenenddienst bestraft
worden ist, hat sich nicht wirklich taktvol-
ler verhalten. Und dann dieser Widerling Hans
van Damm. Dass sie mit Harald Keller befreundet ist, hat die Sache nur verschlimmert. Da
geht irgendwas nicht mit rechten Dingen zu.
Bis auf gelegentliche Magenbeschwerden, vermutlich die klassische Stress-Gastritis, ist
Klaus kerngesund gewesen. Und damit kennt

bzw. kannte er sich doch als Pharmareferent seit Jahren aus. Der schnöselige Notarzt hat ihre Anmerkungen diesbezüglich nicht ernst genommen. Dieser widerliche van Damm natürlich auch nicht.

So allmählich leidet ihr Kreislauf unter der Hitze und der hohen Luftfeuchtigkeit in ihrem Bad. Langsam und sehr vorsichtig steigt sie aus der Wanne und packt sich in ihren flauschigen roten Bademantel. Und ein rot-weiß gestreiftes Handtuch verwandelt sie schnell und geschickt in einen Turban, unter dem ihre Haare verschwinden. Sie wird gleich noch einmal versuchen, Harald anzurufen. Wenn der auf der Wache gewesen ist, wie van Damm angedeutet hat, dann ist der sowieso im Bilde. Er wird ihre Zweifel vermutlich verstehen. Wie auf Kommando klingelt das Telefon.

„Pitscher!"
„Harald hier. Wie geht es dir?"
„Du weißt also Bescheid?"
„Ja, Hape hat mich aufgeklärt."
„Okay. Dann hast du jetzt also einen groben Überblick und kannst dir vorstellen, dass ich ziemlich durch den Wind bin."
„Darf ich dir ein Stück Schwarzwälder Kirsch als Seelentröster bringen?"
„Und dich gleich mit?"
„Ja, wenn es dir recht ist."
„Nicht nur das. Ich bitte sogar darum!"
„Ich muss dir etwas erzählen. Bin mit Hape in Heimbach gewesen."
„Ich muss dir auch einiges erzählen. Magst du einen Kaffee zum Kuchen?"
„Das wäre perfekt!"
„Also dann, bis gleich!"

Ruth fühlt sich mit einem Mal schon wieder

besser, schmeißt schnell die Kaffeemaschine an und sich selbst in bequeme Klamotten. Mit einer Leggins, einem langen ausgeleierten Pullover und dicken Wollsocken bekleidet empfängt sie schließlich Harald Keller.

18.

In der Nacht ist sie wach geworden, als Kurt Diebel die Tür aufgeschlossen hat, obwohl er dabei ganz leise gewesen ist. Er ist auf Zehenspitzen und in Socken geschlichen. Aber ihr Schlaf ist leider so leicht, jedes noch so leise Geräusch lässt sie wach werden. Dr. Sabine M. Hutmacher kann sich erinnern, als Kind gut geschlafen zu haben, zumindest bis 1974. Die Erinnerungen an die letzten beiden Jahre in der Privatschule in London und die Zeit im Internat Le Rosey am Genfersee sind mit massiver Schlaflosigkeit verknüpft. Und Traurigkeit. Großer Traurigkeit.

Als ihre Mutter noch lebte, hatte sie mit ihr oft den Sommer in Kreuzau verbracht. Bei Oma Anna, die in Schwiegersohn Dr. Karl August Hutmacher, immer einen Emporkömmling und Erbschleicher gesehen … und damit richtig gelegen hatte. Oma Anna war ein Jahr nach Gesine gestorben, der Tod der geliebten Tochter hatte ihr das Herz gebrochen. Das heimliche Haus in Kreuzau ist wohl dem Wunsch geschuldet, Mutter Gesine und Oma Anna nahe zu sein. Es gibt immer wieder kurze Momente, in denen sie das tatsächlich spürt. Aber Kreuzau und die nicht änderbare Abwesenheit von Mutter und Oma verstärken auch das Gefühl der Einsamkeit. Manchmal besucht sie den Vater in der Schweiz, eher selten. Ein- bis zweimal pro

Jahr. Und das auch erst, seitdem Penelope tot ist. Mit der Stiefmutter hatte sie sich nie verstanden. Ihr Vater hatte Lady Penelope Wilson schon kennengelernt, als ihre Mutter noch von Sanatorium zu Sanatorium und von Klinik zu Klinik reiste, die Hoffnung nicht aufgebend, doch eine Chance gegen den Krebs zu haben. Sie hatten in London gewohnt, ihr Vater war Diplomat gewesen.

„Kurt?"
„Ja, Frau Dr. Hutmacher! Hab' ich Sie geweckt? Das tut mir leid. Kann ich noch etwas für Sie tun? Eine heiße Milch mit Honig vielleicht?"
„Ja, Kurt. Aber nicht kochen lassen. Nur erwärmen. So dass sich keine Haut auf der Milch bilden kann."

Penelope hatte ihre Eltern bei einem Empfang des Botschafters kennengelernt. Ab da ging sie bei Ihnen ein und aus. Zunächst hatte sie noch so getan, als ob sie wegen Gesine käme. Diese Mühe hatte sie sich aber nach zwei Monaten nicht mehr gemacht. Nun blieb sie auch über Nacht, vorzugsweise wenn Gesine sich mal wieder in einer Klinik aufhielt. Die Affäre ihres Vaters wurde dann nach außen hin als 'sich um das Kind kümmern' verkauft. Dafür genoss Penelope höchste Anerkennung der Londoner Society. Und dass sie schon kurz nach Gesines Tod deren Mann geheiratet hatte, fand auch allgemeine Zustimmung. Das Kind brauchte ja schließlich eine Mutter. Die Oma hatte angeboten, zu kommen und zu helfen. August hatte das rigoros abgelehnt. Gesine war zuhause gestorben. Austherapiert hatte sie da gelegen, mit Kolo-Stoma und Atemnot. Die kleine Sabine hatte am Bett der Mutter gesessen, als diese sich leise röchelnd aus dem Leben verabschiedete, während ihr Vater im Zimmer darüber mit Penelope stöhnte.

Kurt stellt das Tablett mit der Honig-Milch auf ihr Nachttischchen aus Mahagoniholz.

„Gute Nacht, Frau Dr. Hutmacher", sagt er und tut dabei so, als würde er ihre Tränen nicht bemerken.

19.

Der Kuchen ist längst aufgegessen. Harald und Ruth hocken jetzt seit Stunden auf dem gemütlichen Sofa in Ruths Wohnzimmer. Der Kommissar im Ruhestand hat sich die Schuhe ausgezogen und seine Füße auf den grauen Plüschhokker gelegt. Auf dem Glas-Couchtisch stehen ein Glas Apfelsaft und ein Glas Merlot neben einer Schüssel mit Chips. Die beiden haben sich ausgiebig daran bedient und gegenseitig auf Stand gebracht. Aber immer gibt es einen neuen Aspekt oder eine neue Frage.

„Du hast diesen Klaus Steffens durch Zufall wiedergesehen. Das kann ich nachvollziehen", sagt Harald. „Aber welcher Zufall hat dich nach Bitburg verschlagen?"
„Das willst du nicht wissen. Zumindest jetzt nicht", so Ruth mit Nachdruck.

Harald merkt, dass er dieses Thema nicht weiter vertiefen sollte.

„Also, fassen wir zusammen: Hape und ich haben in Steffens Wohnung, die zu seinem Drei-Parteien-Haus in Heimbach gehört, reichlich IT-Equipment gefunden, aber keinen PC oder Laptop. 'Schaum vorm Mund' deutet auf eine

Vergiftung hin. Da werde ich bei Hape nach-
haken. Die Lebensgefährtin von Steffens wohnt
auch in Heimbach und hat dort einen Kunst-
laden. Diese Marion Laprell willst du dann
morgen besuchen. Richtig?"
„Richtig!"
„Aber ohne mich. Richtig?"
„Auch das ist richtig, lieber Harald. Unter
Frauen lässt es sich einfach besser reden."
„Aber wenn ich mir morgen noch mal die Woh-
nung ansehe, willst du dabei sein. Richtig?"
„Schon wieder richtig", lacht Ruth. „Vier
Augen sehen einfach mehr."

Harald steht lachend auf, holt seine braunen
Bootsschuhe aus der Diele und setzt sich auf
den grauen Plüschhocker: „Aber den Schlüssel
hole ich mir morgen bei der Zugeh-Frau Angela
Wergen ab. Hape hat mich als seinen Chef vorgestellt. Ich gehe als Kommissar zu ihr."

„Ist in Ordnung", lacht Ruth. „Aber nur, wenn
du jetzt die restlichen Chips mitnimmst. Ich
hab genug Hüftgold angesetzt … sag' jetzt
bloß nichts!"

Harald lacht nur, packt die halbvolle Tüte in
seinen Rucksack und zwinkert Ruth zu: „Schön,
dass es dir wieder besser geht. Wir sehen uns
morgen in Heimbach. Ich komme dann mit der
Rurtalbahn."

20.

Ruth lenkt ihren roten Mini durch die Serpen-
tinen nach Heimbach hinunter. In Gedanken
spielt sie das Gespräch mit Marion Laprell
durch. Gestern Abend war ihr das noch sehr
einfach erschienen. Beim späten Frühstück hat

die Vorstellung schon etwas anders ausgesehen. Allmählich sind ihr Zweifel gekommen. Und sie hat sich gefragt, wie sie wohl selbst reagierte, käme eine ihr unbekannte Frau zu ihr, die sich in Unterwäsche um das Bett bewegte, in dem ihr Mann starb? Sie wäre, da ist sie sich sicher, ziemlich angepisst.

Die Galerie Laprell sieht einladend aus, und da sie sich telefonisch angekündigt hat, muss sie da jetzt reingehen.

„Hallo", kommt ihr eine attraktive Endvierzigerin mit wilder roter Mähne und verweinten Augen entgegen. Jeans, Stiefel, Carmen-Bluse und sehr sympathisch wirkend. Das ist also die Frau die ihren Jugendfreund Klaus 'gebändigt' hat, also den 'Eifeltiger'. Sie bemüht sich, nicht zu lachen. Das wäre in dieser Situation mehr als unpassend.

„Ja, ich habe auch gehört, dass das Kloster Mariawald geschlossen werden soll", sagt die Rothaarige. „Inwieweit das die legendäre Erbsensuppe berührt, weiß ich allerdings nicht."

Ruth schaut irritiert: „Erbsensuppe?"

„Sie wollen nicht über die anstehende Schließung des Trappistenklosters sprechen?"
„Nein. Ruth Pitscher ist mein Name. Wir hatten telefoniert."

Marion Laprell kommt auf sie zu, nimmt ihre Hände in die ihren und sagt: „Bitte entschuldigen Sie. Natürlich. Frau Pitscher! Heute hat wohl die Dürener Zeitung von der anstehenden Schließung des Klosters berichtet. Und jeder scheint zu glauben, nur weil ich hier einen Laden habe, wüsste ich Bescheid."

Einem Impuls folgend drückt Ruth die Rothaarige an sich: „Es tut mir ja so leid."

Marion Laprell legt ihren Kopf auf die Schulter der wesentlich Kleineren, die sie jetzt ihrerseits umarmt, und fängt an zu weinen: „Schön, auf jemanden zu treffen, den Klaus mochte."

Die Reaktion ist so ganz anders, als sie erwartet hat.

„Ich glaube, er hat dich sehr geliebt", sagt sie und schiebt ein „upps, jetzt hab ich Sie geduzt" hinterher.
„Von mir aus können wir beim 'du' bleiben."
„Gerne. Ruth!"
„Marion!"

Marion Laprell lacht und weint gleichzeitig. Auch bei Ruth kullern jetzt ein paar Tränchen. Marion nimmt Ruth an der Hand und führt sie zu einer gemütlichen Sitzecke im hinteren Teil der Galerie. Hier laden moccafarbene Sessel aus Veloursleder zum Sitzen ein. Auf einem ovalen Tisch aus geöltem Birkenholz stehen eine Schale mit Erdnüssen und eine mit kleinen Schokoladentafeln.

„Setzt dich, Ruth! Du trinkst doch bestimmt einen Kaffee?", bedient Marion eine Espresso-Maschine.
„Gerne. Mit Milch und zwei Klümpchen Zucker, wenn du hast."

Es dauert nicht lange, da stellt Marion Ruth eine Tasse mit dampfendem und wohlriechendem Kaffee hin und beginnt zu erzählen. Von der Zeit, in der sie als Malerin kaum genug zum Essen hatte. Von ihrem Sohn, der bei ihren

Eltern aufgewachsen und längst erwachsen ist. Von dem Rechtsanwalt, der sich hatte porträtieren lassen und sie mit zu einer Feier des Golfclubs nahm. Von den vielen Rechtsanwälten und Ärzten, die sie so kennenlernte und porträtierte und mit manchen von ihnen geschlafen hatte. Und sie erzählt von Klaus, den sie auf einer Feier bei einem anerkannten Onkologen getroffen und der erfrischend anders gewesen ist.

„Am Anfang hab ich gedacht, der ist schwul", erzählt sie Ruth. „Ich war so sehr daran gewöhnt, dass ein Mann beim ersten Gespräch sofort mit mir ins Bett will. Ist das nicht traurig?"
Ruth nickt, und denkt an ihre Dates und an Klaus, der sich so positiv verändert hatte: „Schon komisch, Klaus hat zu mir gesagt: Du musst Marion kennenlernen. Ihr zwei würdet euch gut verstehen."

Marion nippt an ihrem Kaffee und öffnet eine kleine Schokoladentafel und reicht die Ruth. Diese bricht ein Stückchen ab und gibt Marion den Rest zurück.

„Da hat Klaus ja mal wieder Recht gehabt. Er war ein guter Menschenkenner. Nur bei seinem Schützling wollte er nicht so genau hinsehen. Aber über den will ich nun nicht sprechen!", steckt Marion sich die restliche Schokolade in den Mund und formt aus dem Staniolpapier ein Herz.

„Und, wie ging es weiter?", will Ruth wissen. „Nachdem du festgestellt hast, dass er nicht schwul ist."

Und Marion erzählt. Dabei zeichnet sie das

Bild eines empathischen und humorvollen Mannes, der aber ab einem gewissen Punkt unnahbar war: „Stell' dir vor, wir waren schon seit zwei Jahren zusammen, aber er wollte mir nicht seinen Hausschlüssel geben."

Marion packt wieder eine kleine Schokoladentafel aus, bietet Ruth die Hälfte an, bricht sich ein ganz kleines Stück ab, legt den Rest auf ihre Untertasse und knuddelt das Staniolpapier zusammen und beginnt zu formen.

„Geh' ruhig rauchen", sagt Ruth und nimmt ihr den Stanioalklumpen aus der Hand.
„Woher weißt du?"
„Ich hab' bis vor zehn Jahren geraucht. Bis vor zehneinhalb Jahren."
„Ist das wirklich okay für dich", fragt Marion und greift dabei aber schon in ihre Handtasche.
„Nun geh' schon!"

Damit verschwindet Marion in dem kleinen als 'privat' gekennzeichneten Raum. Und Ruth ist froh, ein paar Minuten für sich zu haben. Und sie muss sich eingestehen, ein bisschen verletzt darüber zu sein, dass Marion gar nicht auf die Idee gekommen ist, zwischen ihr und Klaus hätte etwas anderes als alte Verbundenheit sein können. Dann aber schimpft sie sich selbst eine Idiotin. 'Sei froh, Ruth, dass sie dir keine Szene gemacht hat.'

Schnell schreibt sie Harald eine Nachricht:
Bin in einer halben Std. an der Eisdiele. LG Ruth

Sie muss Marion unbedingt auf Klaus' Magenprobleme ansprechen und den 'Ziehsohn'. Auch wenn sie darüber nicht so gerne spricht.

21.

„Alles erledigt?"
„Ja, schon lange! Und es ist mir nicht leicht gefallen. Ich hatte früher mit deinem Anruf gerechnet."
„Ja … entschuldige!"
„Sehen wir uns denn heute?"
„Wir sollten ein wenig vorsichtig sein."
„Ist doch jetzt nicht mehr nötig. Ich möchte, dass du dich endlich zu mir bekennst."
„Aber das mache ich doch. Hab' noch ein wenig Geduld. Und es wäre mir wichtig, dass du nach bestimmten Dingen Ausschau hieltest."
„Okay. Aber morgen komme ich zu dir."
„Lass' uns das doch bitte morgen besprechen."
„Ich …"

Weiter kommt er nicht mehr. Traurig stellt er fest, dass sie das Telefonat beendet hat.

22.

„Da haben wir den gewünschten Schoko-Becher für den Herrn", stellt die Bedienung der Eisdiele das Glas, durch dessen Wand Schokoladeneis schimmert und das von einer riesigen Portion Sahne gekrönt ist, vor Harald ab.

„Dankeschön", sagt dieser und bemerkt, dass die Frau unbedingt noch etwas loswerden will. Er nickt ihr auffordernd zu.

„Wissen Sie schon, dass bald unser Kloster geschlossen wird?"
„Nein?!"
„Unser schönes Kloster in Mariawald. Vielleicht gibt es dann auch keine Erbsensuppe

mehr. Und was das für die Region bedeutet, mag man sich gar nicht vorstellen."

Harald seufzt und hofft, damit ein gewisse Anteilnahme bekundet zu haben. Da sieht er auch schon Ruth nahen. Er winkt. Die Bedienung bleibt erwartungsfroh an seinem Tisch stehen.

„Für mich das Gleiche bitte, aber mit Mocca-Eis", sagt Ruth im Ankommen. Harald steht auf, schiebt ihr einen Stuhl zurecht und wartet einen Augenblick, bis die Bedienung gegangen ist.

„Ich hab' leider schlechte Nachrichten. Wir können nicht in das Haus von Klaus Steffens."
„Hat dein Charme nicht mehr gewirkt bei dieser Frau Wergen?"
„Nein", lacht Harald. „Doch! Aber van Damm ist da. Hape hat mir eben eine Nachricht geschickt. 'Der Jeck' so Hape wörtlich 'ess jett am sööke, öm der ärm Frau Laprell zo jefalle'. Sag' mal, Ruth, ist die denn wirklich so attraktiv?"
„Ja, ziemlich. Und sehr sympathisch. Und wenn es einen Typ Mann gibt, für den nichts übrig hat, dann ist das die Marke 'van Damm'. Aber soll er sich ruhig eine blutige Nase holen. Ich hab' nichts dagegen."

Harald löffelt genießerisch weiter an seinem Eis und beißt ein Stückchen von der Waffel ab: „Steffens' Tod scheint sich aber noch nicht herumgesprochen zu haben in Heimbach."
„Wer sollte das denn auch erzählen? Marion Laprell? Höchstens deine Frau Wergen und die wollte dir vermutlich durch Verschwiegenheit imponieren, Herr Kommissar! Der gemeine Heimbacher scheint momentan ausschließlich mit

der anstehenden Schließung des Klosters be-
schäftigt zu sein."
„Du bist also schon im Bilde?"
„Ja, was das Kloster betrifft. Was Klaus be-
trifft, so taste ich mich vor."
„Mach's nicht so spannend. Erzähl'!"

Jetzt lässt Ruth eine kleine Portion Mocca-
Eis in ihrem Mund schmelzen und schiebt noch
einen Klecks Sahne hinterher. Sie genießt
Haralds volle Aufmerksamkeit.

„Jaaa …", lässt sie Harald noch ein bisschen
zappeln. „Ja, also … Klaus hat wohl eine ty-
pische Stress-Gastritis gehabt. Aber er hatte
stets seine Tabletten dabei. Diese Tabletten,
von denen ich ihm auch eine gegeben habe. Die
die Bitburger gerade untersuchen. Davon habe
er überall einen Riegel gehabt, sagt Marion.
Bei sich zuhause, in der Galerie, bei ihr in
der Wohnung … Aber was ganz wichtig ist: Sie
sagt, dass mit seinem pharmazeutischen Ziehsohn, Thorsten Wesseling, irgendetwas nicht
stimmt. Klaus hatte mir von Ärger berichtet.
Und das hat Marion jetzt bestätigt. Er hatte
sich aber auch ihr gegenüber diesbezüglich
sehr vage gehalten."
„Dann sollten wir uns diesen Wesseling einmal
näher ansehen."
„Ja, aber warten wir damit noch ein bisschen.
Der taucht hier bestimmt über kurz oder lang
auf. Warten wir auch mal ab, was van Damm
hier ermittelt. Das wird nicht mehr werden
als 'heiße Luft', und dann wird er bei Marion
abblitzen und danach können wir uns in aller
Ruhe die Wohnung ansehen."
„Du bist so strukturiert. Bewundernswert."
„Aber nur in Bezug auf 'unsere Ermittlungen'.
Ansonsten bin ich ziemlich chaotisch, wie dir
nicht entgangen sein dürfte."

„Natürlich nicht", lacht Harald. „Aber gerade
das macht dich so liebenswert."
„Okay", so Ruth ein bisschen verlegen. „Jetzt
zeig' du mal, was du drauf hast. Ich suche
wen, der das Erbrochene von Klaus auf meiner
Bluse untersucht. Du hast doch bestimmt noch
Kontakte zu einem Labor."

„Ja … aber."
„Ist gut Harald, war nur ein Versuch. Du bist
und bleibst korrekt. Auch ein liebenswerter
Zug. Ich kümmere mich um die Kotze-Analyse."
„Wie?"
„Das verrate ich dir noch nicht. Lass' uns
fahren. Wer zahlt?"
„Ich!"

23.

Dr. Niravi Kumaran hat immer gehofft, sich
eines Tages bei Ruth Pitscher für deren Hilfe
und Unterstützung bedanken zu können. Jetzt
scheint Zeitpunkt gekommen zu sein. Eben hat
Ruth sie angerufen. Die Sache sei vermutlich
nicht ganz legal, hat sie gesagt. Egal, wenn
sie Hilfe braucht, soll sie die bekommen.

Am 16. Juli 1982 in Sri Lanka geboren, musste
Niravi als Sechsjährige mit ihren Eltern und
ihrem Bruder fliehen. Der Vater gehörte den
'Tigers of Tamil' an und musste bei den dama-
ligen Machthabern um sein Leben - und was für
ihn noch viel schlimmer war - um das Leben
seiner Lieben fürchten. Während des langwie-
rigen Asylverfahrens hatten sie zunächst in
einer Unterkunft gelebt. Ohne die Unterstützung der Evangelischen Gemeinde in Kreuzau
hätten sie vermutlich nie einen Aufenthalts-
titel bekommen. Und bei den Ehrenamtlern der

Gemeinde hatte sich Ruth Pitscher ganz besonders hervor getan. Sie hatte ihr spielerisch deutsch beigebracht. Hatte ihre Eltern zu Ämtern begleitet und ihren Bruder dem 'VfVuJ 1902 Winden' als Mittelfeldspieler angedient. Später waren sie nach Jülich gezogen und hatten Ruth nur noch selten gesehen.

Niravi sieht sich in ihrer kleinen aber feinen Wohnung im Grünen Weg in Düren um. Sie mag den Blick auf den Burgauer Wald vom Balkon aus. Die roten Sitzkissen und die goldenen Kerzenleuchter sind der Kultur ihrer Heimat geschuldet. Vermutlich wird das Ruth sehr gefallen, bei ihrer Vorliebe für Rot. Sie haben sich für morgen Nachmittag verabredet.

„Am besten bei dir oder bei mir", hat Ruth gesagt. „Wie angedeutet, es ist ein bisschen heikel."

Sofort hat sie Ruth zu sich eingeladen. Es soll Vadai geben, gebackene Erbsen-küchlein, und diese mit Thayir, einer fein gewürzten Joghurtsoße, servieren. Schade, als sie vor drei Jahren nach Düren zog, kam sie gar nicht auf die Idee, wieder zu Ruth Kontakt aufzunehmen. Das letzte Mal gesehen hatte sie die mütterliche Freundin vor vier Jahren, da hatte sie gerade die Stelle als Chemikerin bei Akzo Nobel in Niederau angenommen. Während sie den Teig für die Vadai vorbereitet, lässt sie die Stationen ihres Lebens in Deutschland Revue passieren. 1990 ist sie in Grundschule in Kreuzau eingeschult worden. 2020 hat sie die mittlere Reife in Jülich gemacht, 2003 dann das Abitur. 2009 hat sie ihr Chemie-Studium in Bonn mit Auszeichnung abgeschlossen und 2011 habilitiert. Eine wirkliche Erfolgsgeschichte, die ohne Ruth Pitschers Unterstützung niemals in diesem Maß realisierbar gewesen wäre. Was auch immer Ruth von ihr will … sie wird es ihr geben!

24.

Die Galerie hat sie geschlossen. Jetzt sitzt Marion Laprell in dem kleinen Räumchen, auf dessen Tür 'Privat' zu lesen ist und raucht eine Zigarette. Eigentlich verkauft sie sich gerne als Nichtraucherin und Klaus hat sie nur einmal beim Rauchen 'erwischt'. Und jetzt fasst sie den Vorsatz, nach der Beerdigung ganz und ohne Hintertürchen aufzuhören, aber bis dahin ohne schlechtes Gewissen zur Zigarette zu greifen, so sie das Verlangen danach hat. Auf einem Barhocker sitzend inhaliert sie tief und legt ihre Beine auf die winzige Arbeitsplatte der kleinen Küche. Ihr Blick fällt auf den Schnappschuss von Klaus und ihr in einem Straßencafé in der Bretagne. Das waren so schöne und unbeschwerte Tage gewesen. Sie muss heftig schlucken.

Kurz nachdem sich die sympathische Ruth verabschiedet hat, ist auf einmal Wesseling im Laden aufgetaucht. Fast so, als hätte er den Moment abgepasst. Hat ihr umständlich sein Beileid ausgesprochen, seine Hilfe bei der Organisation der Beerdigung angeboten und nach einem Firmen-Rechner gefragt, den Klaus vielleicht bei ihr gelassen habe. Sie solle noch einmal scharf nachdenken, hat er gesagt und sich gleich darauf für seinen Tonfall entschuldigt und verabschiedet. Und als wäre das nicht schon genug gewesen, haben sich Wesseling und dieser widerliche van Damm quasi die Klinke in die Hand gedrückt. Letzterer hat dann von wichtigen Ermittlungen gefaselt, die Chefsache seien und ihr ganz nebenbei die Hand auf die Schulter gelegt. Nachdem sie diese zunächst sanft und beim zweiten Versuch energisch weggestoßen hat, ist er mit Trauerkranz-Blick noch näher an sie herangetreten, hat ihr dabei tief in die Augen gesehen und gesagt: „Ich würde Sie so gerne unterstützen, liebe Marion. Ich darf Sie doch so nennen?!"

Da ist ihr der Kragen geplatzt: „Dürfen Sie nicht! Und ich möchte, dass Sie hier auf der Stelle verschwinden."

Da ist er erhobenen Hauptes zur Tür gegangen: „Das ist sowieso kein echter Fall. Hab' ich gleich gesagt. So etwas passiert eben, wenn alte Männer mit alten Frauen ins Bett gehen!"

Jetzt hat sie sich noch eine Zigarette angezündet. Wenn das sowieso kein Fall ist, wie van Damm behauptet, dann ist die Leiche auch freigegeben und sie kann sich um die Beerdigungsmodalitäten kümmern. Die Leiche! Der Gedanke erschreckt sie. Dass sie so schnell von dem Mann, der am Samstagmorgen aus ihrem Bett aufgestanden ist und ihr für das übernächste Wochenende einen Kurztripp zum Ijsselmeer versprochen hat, als Leiche sprechen kann. Das lässt ihn mit einem Mal noch toter erscheinen, wenn das überhaupt geht. Marion weint bitterlich.

25.

Nach der übergroßen Portion Eis hat Harald das Bedürfnis verspürt, sich körperlich zu betätigen. Zumindest ein bisschen. Den Fahrradhelm schon in der Hand, hat er seinen Garten betrachtet und das eine oder andere Unkraut bemerkt. Jetzt kniet er auf einer Plane und rupft und zupft und denkt über die vermeintliche Laboruntersuchung von Erbrochenem nach. Vielleicht hätte er doch bei den Kölnern mal vorsichtig anklopfen sollen?

„Bess de am krogge", macht Hape sich plötzlich bemerkbar.
„Wie bitte, was?!?", schreckt Harald auf.
„Was sagst du? Ich verstehe ja schon ziemlich viel Platt, aber das ist mir gerade zu hoch."

„Do vürnemme Jeck. Do moss ich waal huudütsch kalle. 'Unkraut jäten' heesch dat."
„Da muss man erst einmal drauf kommen."
„Häste jett zo drenke? Ich hann jett zo verzälle."

Harald weiß, dass Hape mit 'etwas zu Trinken' ein Bier meint.

„Hape, du weißt, wo das Bier im Keller steht. Hol' uns doch zwei Flaschen hoch. Ich räum' inzwischen hier auf."
„Datt hürt sich joot an!"

Und während Harald Plane, Harke und Eimerchen wieder ordentlich im Gerätehäuschen einsortiert, stellt Hape einen Holztisch vor die Gartenbank und öffnet die beiden Flaschen.

„Der Jeck well 'die Akte Steffens' schleeße. Hätter bej de Staatsanwaalschaff beandraach. 'Es besteht kein Anhaltspunkt für einen nicht natürlichen Tod' hätt der Dötsch dem Staatsanwaalt jeschrevve."
„Dann ist er vermutlich bei der Frau Laprell abgeblitzt."

„Jenau. Datt glöv isch och. Ävve do jehst doch noch ens luure en dem Huus in Hembaach?"
„Ja, sicher. Und jetzt muss man auch keine Angst mehr haben, auf van Damm zu stoßen."

26.

Sie mag diesen Blick über Kreuzau sehr. Vor allem abends. Auch wenn es jetzt schon allmählich kühl wird, sitzt sie gerne abends auf der Terrasse. Kurt hat die Bäume und Sträucher ganz geschickt so geschnitten, dass sie einen wunderbaren Ausblick hat, aber kein Spaziergänger einen Blick auf sie erhaschen kann. Vermutlich halten die Kreuzauer diesen K. Diebel für einen versponnenen Künstler, oder vermuten hinter der Hecke eine Hippie-Kommune. Vielleicht sollte sie so etwas einmal vorsichtig streuen? Wenn die Kreuzauer etwas unbedingt sehen wollen, dann sehen sie das auch.

In ihrer Eigenschaft als Charity-Lady ist sie einmal im Heinrich-Böll-Haus in Langenbroich gewesen. Der Kontakte wegen. Und dort hatte jemand von der Böll-Stiftung ihr erzählt, wie ein Tankwart in Kreuzau Terroristen im lila Citroen des Literaten gesehen haben wollte. Das war 1972 und jeder sah Terroristen. Vor allem in Kreuzau sah man Meinhof, Baader und Co. häufig … ob dieses Schriftstellers der die Bild-Zeitung immer so harsch anging. Posthum sollte man ihn verehren und mit den vermeintlichen Terroristen-Geschichten wollte Kreuzau nicht mehr in Verbindung gebracht werden. Irgendwie blieb Kreuzau immer unschuldig … nach dem so genannten 3. Reich und auch nach dem so genannten Deutschen Herbst.

Die Idee mit der Hippie-Kommune gefällt ihr. Vielleicht sollte sie noch mit einer Prise Voodoo würzen? Dann würde mit Sicherheit niemand das Grundstück betreten.

„Darf ich Ihnen noch etwas bringen?"

Vorsichtshalber hat Kurt schon eine karierte Wolldecke dabei, die er ihr fürsorglich über die Schultern legt.

„Einen Minztee und ein Käsebrot mit Gürkchen. Das wäre perfekt."

So leise, wie er gekommen ist, geht er auch wieder. Es ist 19.30 Uhr und der Sonnenuntergang naht. Wie schön es doch hier ist. Und wie ruhig. Sie mag gar nicht an die Firma denken. An diese Hektik und die ständigen Begegnungen mit Sebastian Martens, der sie so verletzt hat. Aber der sehr verehrte Herr Prof. Dr. soll sich schon einmal warm anziehen. Der Tag der Rache naht! Sie mag auch nicht an den attraktiven Mann denken, der sie morgen unbedingt sehen will. Wegen dem sie nach Köln fahren muss, weil er nichts von Kreuzau wissen soll. Wie alle anderen auch. Thorsten langweilt sie, so sehr sie auch anfänglich seinen attraktiven Körper genossen hat. Aber sie darf ihn jetzt nicht vor den Kopf stoßen. Sie braucht ihn noch. Er hat seinen Zweck noch nicht erfüllt. Also wird sie morgen nach Köln fahren.

Kurt stellt ihr wortlos den Teller mit den Schnittchen und den Tee hin. Nicht, weil er unhöflich ist. Er will sie nur nicht in ihren Gedanken stören.

„Kurt?!"

„Ja, Frau Dr. Hutmacher?"

„Kurt, du muss mich morgen nach Köln fahren."

„Zur Firma oder zu Ihrem Haus?"

„Zum Haus. Aber schon sehr früh."

„Dann darf ich mich jetzt zurückziehen?"

„Natürlich Kurt. Gute Nacht!"

„Wünsche ich Ihnen auch!"

Sie will hierbleiben … will nicht wieder in die Kölner Welt eintauchen. Aber sie muss jetzt funktionieren, wenn ihr Plan aufgehen soll. Das weiß sie. Noch ein letzter Blick auf das schläfrige Kreuzau, das jetzt von einem ganz zarten Rot, wie auf einem Aquarell zu sehen, überzogen ist.

„Gute Nacht", haucht sie zärtlich in den Abendhimmel.

27.

Eigentlich ist halb sechs Uhr morgens nicht ihre Zeit für jedwede Art von Aktivitäten. Aber Ruth hat in der vergangenen Nacht kaum ein Auge zugetan. Ihre Gedanken sind ständig um Klaus, Marion, Thorsten Wesseling und diesen widerwärtigen van Damm gekreist. Um Letzteren ganz besonders, seitdem ihr Harald gestern Abend noch gesagt hat, dass dieser den Fall zu den Akten legen will. Sie jedenfalls will Klaus nicht einfach so zu den Akten legen. Aber vielleicht ist es ja ganz gut, wenn sich der 'Orts-Sherif' aus dem Fall raushält. Und ein bisschen aufgeregt ist sie auch schon wegen des Treffens mit Niravi. Jedenfalls hat es sie nicht mehr im Bett gehalten. Und so sieht sie sich quasi selbst dabei zu, wie sie im dicken grauen Schlabberpulli, sehr dicken Strumpfhosen und ihren heißgeliebten roten

Dr. Martens durch Kreuzau spaziert. Da sie weder über die Straße, noch über einen einsamen Feld- oder Waldweg gehen möchte, hat sie sich für einen Kompromiss entschieden. Von der Bahnhofstraße aus ist sie zunächst über den Stockheimer Weg spaziert, ist dann am Fußballplatz und am Friedhof vorbei und dann nach links zum 'Vor dem Bruch' gegangen und geht jetzt gerade auf die Alte Gasse zu. Sie sieht jetzt, wie ein schwarzer Golf, vom Muttergotteshäuschen aus kommend, in einem Affenzahn Richtung Hauptstraße fährt. DN-KD-342. Ob das dieser ominöse Dieter Giebel ist, den die Kreuzauer Rollator-Crew am liebsten im Sekten-Milieu ansiedeln möchte?

Auf dem Beifahrersitz hat eine Frau gesessen. Na ja, das Kennzeichen speichert sie mal in ihren Notizen. Wer weiß, vielleicht kann es ihr ja eines Tages nützlich sein. Mittlerweile ist es kurz nach sechs. Ob die nette Elvira Klein beim Bäcker schon Kaffee serviert? Sie schaut auf ihrem Tablet nach. 7.30 Uhr wird als Öffnungszeit angegeben. Es gilt also, noch 20 Minuten zu überbrücken. Wenn sie noch einen Umweg über die Eifelstraße mit einem Schlenker Richtung Lohberg macht, müsste das ziemlich genau aufgehen.

28.

„Und deswegen, liebe Kolleginnen und Kollegen, liebe Mitarbeiterinnen und Mitarbeiter … Ut non die excludunt pillos suos ante … aber vorsichtiger Optimismus ist durchaus berechtigt", rückt Prof. Dr. Martens seine rahmenlose Brille zurecht und fährt sich mit der rechten Hand durch seinen grauweiß-melierten

Kinnbart. „Wir nähern uns mit großen Schritten einem Meilenstein der Firmengeschichte … und meinem baldigen Ruhestand."

Beifallheischend blickt er in die Runde der meist ebenfalls weiß bekittelten Menschen und bleibt, leicht tadelnd, an Dr. Sabine Hutmacher hängen: „Du kommst spät, Sabine. Wirkst abwesend. Interessiert dich unser Erfolg gar nicht?"

„Mehr, als du denkst, mein Lieber. Mehr als du denkst, Aber du sagtest es ja bereits: Man soll den Tag nicht vor dem Abend loben", entledigt sie sich ihres weißen Kittels und verlässt den Raum.

Gekränkt und leicht verunsichert sieht Martens ihr nach. Seine euphorische Stimmung ist dahin.

29.

Ruth stellt ihren Wagen auf dem Parkplatz des Berufsförderungswerkes ab und macht sich zu Fuß auf die Suche nach Niravis Wohnung. Sie hat sich gefreut, als die Tamilin mit der ungewöhnlich tiefen Stimme angerufen und ihr angeboten hat, schon zum Mittag zu ihr zu kommen: „Ich hab' auch eine Kleinigkeit für uns vorbereitet."

Ein wenig außer Atem wandert Ruth den Hügel des Grünen Weges hoch und findet auf Anhieb die richtige Häuserzeile. 'N. KUMARAN' steht auf dem Klingelschild zu lesen. Kaum dass sie die Klingel betätigt, öffnet sich auch schon die Haustür.

„Zweiter Stock", schallt es aus dem Treppenhaus. Ruth folgt dem Geruch von Koriander und
steht auch schon in Niravis Küche.

„Vadai?", fragt sie, während sie ihre Gastgeberin umarmt.

„Ich hoffe, du magst sie noch", drückt Niravi
Ruth noch einmal kräftig und nimmt deren Hände in die ihren: „Ich freue mich so, dich zu
sehen."

„Ich mich auch", antwortet Ruth und wischt
sich verstohlen ein Tränchen der Rührung aus
dem Augenwinkel.

Während des Essens werden Neuigkeiten ausge-
tauscht. Bei der dritten Tasse Tee angekommen, fragt Niravi nach Ruths 'nicht so ganz
legaler' Bitte. Und Ruth erzählt …

„Hast du denn die Bluse dabei?", fragt Niravi
aufgeregt. Bei Aufregung und Anspannung wird
ihre Stimme noch tiefer.

„Klar", antwortet Ruth und zieht die Plastik-
hülle mit ihrer Bluse aus ihrem schwarzen
Leder-Rucksack und sieht verblüfft dabei zu,
wie Niravi in Windeseile ein kleines Labor
aufbaut.

„Hast du gedacht, ich muss die Bluse mit zur
Arbeit nehmen?"
„Ja, schon. Deswegen war ich auch in Sorge."
„Völlig unnötig. Ich hab' mein eigenes Labor.
Klein, aber fein. Du nötigst mich also gar
nicht, etwas Illegales zu tun. Obwohl ich das
für dich natürlich gerne gemacht hätte."

Mit einem feinen Spatel kratzt die Chemikerin

kleinste Teile des Erbrochenen ab und ver-
teilt dieses auf verschiedene Flüssigkeiten
in den kleinen Reagenzgläsern, verschließt
diese und hängt sie kopfüber in eine Halte-
rung.

„So, jetzt brauchen wir etwas Geduld, liebe
Ruth. Auf der Arbeit ginge das schneller.
Mein Heimwerker-Set nötigt mir etwas Geduld
ab. Was hältst du von einem kurzen Spazier-
gang im Burgauer Wald?"
„Gute Idee. Ich würde ansonsten nur auf die
Röhrchen starren."

Niravi wirft sich einen violetten Samtmantel
über und die beiden gelangen über die Stich-
straße direkt in den Burgauer Wald.

30.

Das Treffen mit Dr. Schmidtheim ist - wie erwartet - erfolgreich verlaufen. Aber wirkliche Freude will sich bei Thorsten Wesseling
nicht einstellen. Der Preis, den er dafür hat
zahlen müssen, ist verdammt hoch gewesen.
Wird er seine zukünftige Position bei der
Atlantis AG genießen können? Sicher, das ist
die Position, die er sich immer gewünscht
hat. Aber bei der Bremer AG, für die er noch
arbeitet, wird er als Verräter dastehen. Ein
Zurück wird es für ihn nicht mehr geben. Auch
wenn die Atlantis ihn, als Überbringer der
Formel, mit Kusshand nimmt, so wird man dort
wissen, dass er ein Verräter ist. Muss man da
nicht befürchten, dass er eines Tages Atlan-
tis-Interna an andere Firmen verraten wird?
Ja, wird man ihm dort überhaupt Interna an-
vertrauen? Sicher, er hat sich nach diesem
Posten gesehnt, aber auch intensiv danach,

endlich mit Sabine als Paar in der Öffent-
lichkeit auftreten zu können. Aber wird das
wirklich bald möglich sein? Dr. Sabine Maria
Hutmacher an der Seite eines Nestbeschmut-
zers? Irgendwann hat er aufgehört, klar zu
denken. Hat sein Ziel aus den Augen verloren,
als er sie kennengelernt hat. Seitdem ist so
vieles falsch gelaufen … aus dem Ruder gelaufen. Auch mit Klaus, der für ihn so etwas wie
ein Vater gewesen ist.

Da war dieser verhängnisvolle Tag, als er mit
Klaus zusammen zu einem Termin fahren sollte.
Schon auf dem Weg zur Arbeit kündigte sich
die Diarrhö an, die als Kind sein ständiger
Begleiter war, mit seinem beruflichen Auf-
stieg fast verschwand, aber in Stresssituati-
onen gerne wieder auftauchte. Vor zwei Jahren
erzählte er seinem Mentor davon. Klaus lachte
und sagte: „Weißt du Thorsten, das sind die
Momente, in denen bei mir die Gastritis ein-
setzt. Ich hab 'ne richtig klassische Stress-
Gastritis.“

Klaus sollte seine Offenheit später zum Ver-
hängnis werden. Ja, da war dieser besagte
Tag, an dem Klaus ihn zu dem Termin abholen
wollte. Er war wieder zur Toilette gerannt.
Peinlich berührt von den Geräuschen, mit denen seine Darmentleerung einher ging, nahm er
das Klingeln seines Handys war. Dass Klaus,
einem Reflex folgend, den Anruf annahm, bekam
er durch die nächste Durchfall-Attacke nicht
mit. Klaus sollte ihm das viel später erzählen. Er wunderte sich zwar, als Schmidtheim
ihm irritiert mitteilte, dass er – Thorsten –
seinem Mitarbeiter doch bereits einen Termin
für ein Treffen bestätigt habe, befasste sich
aber nicht weiter damit. Es passierte einfach
so viel während dieser Zeit. Unlängst sprach

Klaus ihn darauf an, im 'Eifelpalast' in Bitburg, warnte ihn vor Sabine und stellte ihm ein Ultimatum.

Da war Klaus, sein väterlicher Freund. Und da Sabine, die Frau die ihn so sehr fasziniert, wie keine andere zuvor. Und er traf eine Entscheidung.

31.

Der Burgauer Wald weist erste Vorboten des nahenden Herbstes auf. Das eine oder andere Blatt hat sich bereits verfärbt. Und Ruth ist ein wenig traurig, als sie Niravi vom Zustand Mariannes erzählt, die seit knapp einem Jahr im Schiller-Euler-Stift in Niederau wohnt.

„Noch merkt sie selbst, dass sie immer wieder weggleitet. Und weiß, dass diese Phasen des Weggleitens zunehmend länger werden. Manchmal ist sie richtig verzweifelt."
„Das tut mir so leid. Ich kann mich noch gut an sie erinnern. Du hast sie zum Asylkreis mitgebracht. Sie war Lehrerin, nicht wahr?"
„Ja, sie war so daran gewöhnt, anderen die Welt zu erklären. Und das hat sie richtig gut gemacht. Jetzt kann sie sich selbst manchmal die einfachsten Dinge nicht mehr erklären. Aber lass' uns von was anderem sprechen. Ich hab' ein extrem schlechtes Gewissen, weil ich sie seit drei Tagen nicht mehr besucht habe."

Ruth denkt noch einmal über Möglichkeit einer Psychotherapie nach. Dort könnte sie nicht nur ihre verkorkste Beziehung zu Männern ansprechen, sondern auch die ständigen Schuldgefühle wegen ihrer Schwester - um die sich nicht genug zu kümmern glaubt - und die

Nicht-Beziehung zu ihrem Bruder Johannes in der Schweiz.

Niravi nimmt ihre Hand: „Okay. Dann lass' uns einen Zahn zulegen. Lustiger deutscher Spruch übrigens."

Ruth lacht und gibt das Tempo vor. Sie ist außer Atem, als sie und die wesentlich Jüngere den Burgauer Wald verlassen. Außerdem ist Niravi einen Kopf größer. Trotzdem macht sie Riesenschritte in Richtung des Hauses, in dem das kleine Labor auf dem Küchentisch steht.

„Ruth", ruft die Tamilin. „Das Ergebnis läuft uns nicht weg. Das Bild verfälscht sich auch nicht, wenn wir etwas länger warten. Wenn Gift nachgewiesen wird, ist das eindeutig erkennbar."

Natürlich ist auch Niravi auf das Ergebnis gespannt. Deswegen eilen die beiden Frauen die Treppe hoch. Kaum dass sich der Schlüssel im Schloss gedreht hat, stehen sie auch schon in der Küche. Der Inhalt eines Reagenzglases hat sich sichtbar verfärbt.

„Und?", wippt Ruth mit beiden Füßen.
„Botulinumtoxid", krächzt Niravi. Ihre Stimme ist jetzt so tief, dass viele Männer vor Neid erblassen würden.

„Bo-tu-li-num?"
„Ja, Botulinumtoxid. Ein Nervengift. Besser bekannt als Botox."

32.

„Was meinst du, Lady Mary?", streicht Harald Keller sanft über den Grabstein seiner Frau. „Ich muss zu van Damm mit dieser Info, oder?"

Er hofft auf ein Zeichen, dass sich als ein 'Nein' deuten ließe. Doch sie schweigt, was ihm eigentlich schon vorher hätte klar sein müssen. Sie hatte sich auch zu Lebzeiten nie in seine Ermittlungen einmischen wollen.

„Entschuldige, Liebes. Ich werde dich nicht mehr mit solchen Banalitäten behelligen."

Das scheint angekommen zu sein. Ein kleiner weißer Schmetterling umkreist ihn und lässt sich dann auf dem Grabstein nieder.
„Bis bald", schickt er seiner Frau einen an-gedeuteten Kuss, setzt seinen Helm auf und schiebt sein Fahrrad zum Ausgang Pfarrer-Emunds-Straße.

Ruth hat ihn eben angerufen und ganz aufge regt von den Ergebnissen der Analyse des Er-brochenen erzählt. Von der Idee, van Damm zu unterrichten, ist sie nicht begeistert gewe-sen. Schließlich hat sie aber zugestimmt. So lenkt er jetzt sein Fahrrad durch die Peter-Schlack-Straße, Duffesbach, Heribert-Straße und den Stockheimer Weg. Wie meistens steht die Ampel an der Dürener Straße für Fußgänger und Radfahrer auf Rot. Auf der anderen Seite warten Olaf und Regine Thoma, Hand in Hand. Er grüßt und denkt an den ersten gemeinsamen Fall mit Ruth, und diesen widerwärtigen Die-ter Thoma, der jetzt drei Reihen hinter Mari-ta – im Grab seiner Eltern – hoffentlich sei-nen Frieden gefunden hat. Mit einem Gefühl leichter Beklemmung geht er die Stufen zu seiner ehemaligen Dienststelle hoch. Gisela Meyer an der Pforte begrüßt ihn freudig. Normalerweise würde er einen kleinen Plausch mit ihr halten, aber er will das Gespräch mit diesem unangenehmen Hans van Damm schnell hinter sich bringen. Jetzt steht er vor seiner ehemaligen Tür und bemüht sich um ein energisches Klopfen.

„Herein!"

Und wieder ist er verwundert über diese erschreckend hässliche braune Schreibtischlampe. Gut, Geschmack ist nicht wirklich das, was er von seinem Nachfolger erwartet … aber protzige Gegenstände, die verraten, dass sie ihren Besitzer viel Geld gekostet haben.

„Der werte Kommissar im Ruhestand", holt van Damm ihn aus seinen Gedanken. „Was verschafft mir die zweifelhafte Ehre?"

Obwohl van Damm ihm keinen Platz anbietet, setzt Harald sich auf den Besucherstuhl dem Dienststellenleiter gegenüber und berichtet, redlich um Sachlichkeit bemüht.

„Und wer will jetzt dieses 'Gift' nachgewiesen haben? Ihre Freundin Frollein Pitscher?"
„Den Namen möchte ich Ihnen nicht nennen, es handelt sich auf jeden Fall um eine anerkannte Chemikerin."
„Ne Chemikerin? So 'ne bebrillte Emanze aus'm Labor? Die Geschichte wird ja immer dubioser. Das sind mir zu viele Frauen, die sich da was zusammenreimen. Lassen Sie mich bitte mit diesem Quatsch in Ruhe. Gift in der Kotze? Ich glaub', ich spinne!"
„Aber, Herr van Damm. Sie sollten der Sache besser nachgehen."

Hans van Damm, wieder durchgehend in schwarz gekleidet, springt von seinem Sitz auf und schreit: „Welcher Sache ich nachgehe … und welcher nicht, ist ganz allein meine Sache. Das geht Sie einen feuchten Dreck an, Keller. Und jetzt raus mit Ihnen. Das ist mein Büro. Verstehen Sie? Meiiiiiin Büro!"

Harald Keller steht auf. An der Tür dreht er sich noch einmal um und setzt an: „Herr van Damm …"

Hans van Damm kommt auf ihn zugerannt und holt aus, als wenn er ihn schlagen wollte. Besinnt sich aber eines Besseren und zieht die Hand zurück. Seine Augen funkeln.

„Wissen Sie, was ich glaube? Der Steffens hatte von der Laprell-Zicke die Schnauze gestrichen voll. Hat dann aber beim Frollein Pitscher keinen hoch gekriegt und zwei oder drei Viagra zuviel geschluckt. Soll ich das wirklich untersuchen? Dabei käme diese blöde Marion Laprell nicht so gut weg. Verdient hätte sie es. Aber ich bin ja kein Unmensch. So, und jetzt stehlen Sie mir nicht weiter meine Zeit."

33.

„Ich dachte, wir essen noch was zusammen. Ich kann uns schnell was kochen oder bestellen", bemüht sich Thorsten Wesseling, seine aufkommende Enttäuschung halbwegs im Zaum zu halten. Mit gemäßigtem Erfolg. Es ist einfach enttäuschend, dass die Frau, mit der sich gerade in Laken aus cremefarbener Seide gewälzt hat, schon wieder auf dem Sprung ist. Aber ein bisschen Hoffnung hat er, sie zum Bleiben zu überreden. Dr. Sabine Hutmacher streift mit einer anmutigen Bewegung ihre rostfarbenen Stiefel über und schüttelt ihr langes schwarzes Haar in Form. Sie will nicht wirklich bleiben, überlegt es sich dann aber doch anders.

„Okay … also!", blickt sie auf Thorstens gut definierten Oberkörper, der unter einem Laken hervorlugt. „Dann mach' uns 'Spaghetti aglio e oli', wenn ich bitten darf. Aber pronto."

Thorsten beeilt sich, in die Küche zu kommen. Nur mit einer anthrazitfarbenen Seiden-Pyjamahose bekleidet, stellt er einen großen Topf aus Aluminium auf die Kochfläche und bedient einen Schalter. Dann enthäutet er drei Knoblauchzehen und hackt sie mit einem scharfen Küchenmesser klein.

„Weißwein oder Rotwein?", ruft er in Richtung Schlafzimmer.
„Weder noch!"

Schade, er hat so gehofft, mit ihr noch eine Weile zusammenzusitzen. Und bei einer Flasche Wein mal ganz behutsam in Richtung Zukunft planen.

„Was möchtest du denn dann trinken?"
„Wasser. Medium."

Sabine Hutmacher ist multitaskingfähig Und so bekommt nicht nur Thorsten eine Antwort, sondern auch gleichzeitig noch jemand anders per Whatsapp. *Der Autowechsel verschiebt sich um eine halbe Stunde'*, tippt sie in ihr Smartphone.

34.

Ein leichter Wind bringt das Wasser des En-
tenteichs in Bewegung. Offiziell heißt das
Gewässer 'Hecker's Weiher'. Und dieser Name,
beziehungsweise dessen Schriftweise, bringt
Ruths Blut in Wallung. Sie hält Harald einen
umfangreichen Vortrag über die Sinnlosigkeit
dieses Apostrophes. Harald kommt aus dem Lachen nicht mehr raus. Die beiden haben sich
am Kreuzauer Wehr getroffen und sind dann der
Rur entlang spaziert. Flussaufwärts. Und haben sich auf eine Bank am Ententeich niedergelassen und über die Trauben-Nuss-Schoki
hergemacht, die Harald aus seiner Regenjacke
hervorgezaubert hat. Schweigend … bis zu dem
Moment, als Ruth das Schild entdeckt hat.

„Und jetzt hat dieser Deppen-Apostroph sogar
am schönen Ententeich einen Platz gefunden",
ereifert sie sich. „Dafür muss irgendeiner
meiner ehemaligen Kollegen oder Kolleginnen
zuständig sein. Wenn ich den oder die
erwische. Wehe!"

Harald hebt eine Getränkedose vom Boden auf
und wirft sie in den Mülleimer direkt neben
der Bank. Eine weitere folgt.

„Regt mich mehr auf als ein Apostroph!"
„Du hast ja Recht. Ich rege mich jetzt auch
wieder ab, versprochen."

Der Wind ändert seine Richtung und hat nun
einen leicht unangenehmen Geruch im Gepäck.

„Das hat was von Verwesung", sagt Ruth, „was
uns die 'Windener Mühle' da präsentiert."
„Seit wann ist die Fabrik eigentlich nicht
mehr im Besitz der Schillers? Weißt du das?"

„Nein , da muss ich mal im Internet recherchieren. Hmm. Oder noch besser, du fragst das
Frollein Hoffmann aus deinem Geschichtsverein. Ja, bitte, mach' das. Und lass dir dann
bitte auch etwas über die Familiengeschichte
der Schillers erzählen."

Harald faltet das weiße Herren-Taschentuch
mit dem blauen Rand zusammen, das Ruth als
Sitzunterlage auf der Holzbank gedient hat,
und steckt es in seine Jackentasche.

„Wollen wir noch bis zu den 'Drei Erken' gehen?"
„Gerne. Aber frag' bitte wirklich mal nach
der Schillerschen Familiengeschichte."
„Seit wann interessierst du dich für die Rei-
chen und die Schönen?"
„Schon immer. Aber das mit den Schillers hat
einen besonderen Grund. Komm, leg' mal nen
Zahn zu."

Harald macht ein paar große Schritte und holt
sie ein.

„Und?!"
„Was?"
„Dein Interesse an den Schillers …"

„Ja weißt du," hüpft Ruth von einem Bein auf
das andere. Es macht ihr richtig Spaß, Harald
zappeln zu lassen.

„Also, ich habe gestern Abend noch im Internet recherchiert", sagt sie im Weitergehen.
„Über die Bremer AG, für die Klaus als Ge-
bietsleiter zuständig war. Natürlich ist mir
da der Name Thorsten Wesseling begegnet. Aber
… da wird auch eine Dr. Sabine M. Hutmacher
hervorgehoben. Eine Chemikerin von Weltrang.

Über die hab ich dann auf diversen Klatschportalen einiges gefunden. Eine hochkarätige
Charity-Lady. Und ihre Mutter war eine gebo-
rene Schiller. Entstammt also der Kreuzauer
Schiller-Dynastie."

„Interessant. Und warum erfahre ich das erst
jetzt?"
„Sorry. Ich war so mit der Analyse und Niravi
beschäftigt. Und dann kam van Damms unsäg-
liche Reaktion auf deinen Besuch. Darüber ist
das dann wohl untergegangen."

Ein großer Pudel kommt plötzlich angerannt
und springt, freudig bellend, an Harald hoch.

„Hallo Elfi", begrüßt Harald die Pudeldame
und schiebt ein leises „Hallo Bärbel" hinterher.

Die so angesprochene mustert Ruth feindselig.
Wie zum Trotz streckt Ruth ihr die Hand entgegen: „Pitscher. Ruth Pitscher. Einen schönen guten Tag."

„Bärbel Heinrichs. Ich war Maritas beste
Freundin. Marita war Haralds Frau und wäre es
auch heute noch, wenn sie nicht so früh hätte
von uns gehen müssen."
„Ja, der frühe Tod von Frau Keller ist wirklich sehr bedauerlich", sagt Ruth und wendet
sich an Harald: „Ich geh' schon mal vor. Wir
sehen uns dann an den 'Drei Erken'."

35.

Sie streckt die Beine von sich und fährt sich
mit der rechten Hand über den Bauch. Thorsten
ist nicht nur ein guter Liebhaber, sondern

auch ein exzellenter Koch. Eigentlich schade, dass sie ihm nicht die Gefühle entgegenbringen kann, die sie etliche Jahre an Sebastian verschwendet hat. Nein, es ist gut, dass dies nicht der Fall ist. Wäre dem so, wäre Thorsten schon längst ihrer überdrüssig geworden. Dann wäre sie diejenige, die um jede kleine Aufmerksamkeit bettelte. Wie bei Sebastian. Wie bei ihrem Vater. Ihren Vater straft sie mittlerweile mit ganz seltenen und sehr einsilbigen Telefonaten und Besuchsverweigerung, jetzt, wo er sie zu brauchen scheint. Für Sebastian reicht Missachtung nicht. Da wird sie andere Geschütze auffahren.

„Möchtest du Nachtisch haben? Eis oder eher mich?", holt Thorsten sie aus ihren Gedanken zurück. Sie schaut auf die Uhr. Mist!

„Nein, danke! War sehr lecker. Alles. Aber jetzt muss ich wirklich los."

Sie wirft die Lederjacke über, die exakt die Farbe ihrer Stiefel wiedergibt, haucht ihm einen flüchtigen Kuss auf die Wange und zieht zuerst die Küchentür und dann die Wohnungstür hinter sich zu. Immer gleich zwei Stufen auf einmal nehmend, stürmt Sabine Hutmacher die Treppen hinunter. Den Wagen hat sie schon vorher auf dem Annakirmesplatz abgestellt, das vereinfacht den Tausch. Sie überquert die Tivolistraße und biegt in die Schillerstraße ein. Dass Thorsten sie vom Erker seines Wohnzimmers aus mit Blicken verfolgt, bemerkt sie nicht.

„Ich bin in fünf Minuten da", spricht sie in ihr Smartphone.

Dann geht es schnell durch die Goethestraße

zur Rurstraße. Jetzt ist der Annakirmesplatz schon zu sehen. Auch ihr Jaguar. Auch ihr alter Golf, in dem Kurt Diebel sitzt. Der einzige Mensch, für den sie so etwas wie Freundschaft empfindet. Was sie aber nicht sieht, ist, wie ein Mann an der Tankstelle den Hinterreifen seines Mountain-Bikes aufpumpt und sie dabei genau beobachtet.

Schnell überquert sie die Aachener Straße und winkt Diebel zu. Der verlässt sofort den Golf und geht zum Jaguar. Die beiden wechseln ein paar Worte, währenddessen steckt Sabine behände ihre Haare zu einem strengen Knoten zusammen und setzt eine Sonnenbrille auf. Dann startet sie den Golf Richtung Langenberger Straße. Auch der Mann mit dem Mountain-Bike trägt eine Sonnenbrille und ein Bandana-Tuch auf dem Kopf. Sofort nimmt er die Verfolgung auf.

36.

An den 'Drei Erken' hat sie noch eine Weile gewartet, hat sich dann aber zu einer Fortsetzung des Spazierganges entschlossen, der sie zunächst über die beiden Brücken führen soll. Das ist also diese schreckliche Bärbel gewesen, von der Harald schon mehrfach erzählt hat. Und sie scheint es tatsächlich auf ihn abgesehen zu haben. Armer Harald! Plötzlich taucht wieder der Gedanken an eine Therapie auf. Wegen ihrer Männergeschichten und wegen des ewig schlechten Gewissens gegenüber ihrer Schwester. Obwohl die ihr nie einen Vorwurf gemacht hat. Trotzdem, sie will Marianne noch heute besuchen. Morgen will mit Harald nach Heimbach fahren und die Wohnung von Klaus in Augenschein nehmen. Danach möchte sie noch einmal Marion Laprell aufsuchen, wegen Klaus' Beisetzung. Die Gerichtsmedizin hat den Leichnam gestern noch frei gegeben, nachdem die Bitburger nichts Auffälliges gefunden und van Damm beschlossen hat, dass der Fall kein Fall ist. Morgen Nachmittag wird Klaus eingeäschert, hat Marion ihr am Telefon erzählt, immer wieder von Weinkrämpfen unterbrochen. Morgen Nachmittag sollte sie wirklich bei Marion sein, da fühlt sie sich auch irgendwie Klaus gegenüber verpflichtet. Und übermorgen ist schon wieder Donnerstag. Da muss sie sich den Nachmittag für 'Helga hilf' freihalten, ihre Beratungsstunde auf 'Eifel-Live'. Dass ausgerechnet sie mit ihren Macken anderen Menschen eine Lebensberatung light angedeihen lässt, entbehrt nicht eines gewissen Humors.

Also, der Besuch bei Marianne wird nicht wieder aufgeschoben. Sobald sie zuhause ist, wird sie sich ins Auto setzen und nach Niederau fahren. Gedankenverloren überquert sie die kleine Fußgängerbrücke am Windener Wehr und realisiert erst jetzt, wie nah das Einkaufszentrum ist. Sie wird im Rewe nach Mariannes Lieblingsplätzchen Ausschau halten. Spritzgebäck-Kringel, die zur Hälfte mit Zartbitter-Schokolade überzogen sind. Ruth atmet tief durch. Diese Tage, die kein richtiger Sommer mehr sind, aber auch noch nicht dem Herbst angerechnet werden können, sind ihr die liebsten. Die Sonnenstrahlen geben eine wohlige Wärme ab, aber keine sengende Hitze mehr. Jetzt freut sie sich richtig auf den Besuch bei ihrer Schwester. Hoffentlich erinnert die sich noch daran, wie gerne sie Spritzgebäck mit Schokolade mag. Vielleicht können sie im großzügig angelegten Garten des Seniorenheimes sitzen und sich von Martina

Salentin zwei Cappuccini bringen lassen? Für Kaffee wird es dann fast schon zu spät sein. Sie wird Plätzchen und Laugengebäck kaufen, dann soll Marianne entscheiden.

Auf dem Parkplatz des Einkaufszentrums sind nur noch wenige Plätze frei. Ruth geht an den Autos vorbei, Richtung Rewe. Ihr fällt ein Mann mittleren Alters auf, der eine Frau in einem alten Golf anschreit. Beherzt überlegt sie, der Frau zur Hilfe zu eilen. Bei näherem Herankommen macht sie den Radfahrer als Thorsten Wesseling aus. Auf der Firmenseite der Bremer AG hat sie ja sein Foto gesehen. Ebenfalls dort gesehen hat sie auch ein Foto der Hutmacher. In Klatschportalen gleich mehrere. Und diese Frau ist eindeutig Dr. Sabine Maria Hutmacher. Und dieser alte Golf ist genau der Golf, der in den frühen Morgenstunden die Alte Gasse hinunter raste. Mit Kurt Diebel am Steuer. Dann war die Frau auf dem Beifahrersitz wohl die Hutmacher.

Ruth geht zielstrebig auf den blauen Volvo zu, der nur durch einen weißen Smart von dem schwarzen Golf getrennt ist. Sie sucht in ihrem Rucksack nach einem imaginären Schlüssel und spitzt die Ohren.

„Ich wollte nach Nideggen fahren und schauen, was sich bei den von Bernaus tut. Dabei möchte ich nicht erkannt werden, was im Jaguar aber sofort der Fall wäre", zischt die Frau. „Warum hast du mir das denn nicht gleich gesagt?", klingt Wesselings Stimme erleichtert und misstrauisch gleichermaßen. „Weil ich dir keine Rechenschaft schuldig bin und …"

Den Rest kann Ruth nicht mehr verstehen, da

sie sich ganz schnell in Richtung Rewe bewegen muss. Ein kleiner Junge kommt auf den Volvo zugelaufen, und seine Mutter hinterher. Das müssen wohl die Besitzer des Autos sein. Schon interessant, da läuft also was zwischen Klaus' Ziehsohn Wesseling und der schönen Hutmacher. Vermutlich nichts Offizielles. Und sie würde ihren roten Mini darauf verwetten, dass das Geheimhalten dieses Verhältnisses von der Hutmacher ausgeht.

37.

Es sind in der Regel keine armen Menschen, die in Nideggen wohnen. Erst recht nicht im Kühlenbusch. Hier wohnt er mit seiner Frau, die Kinder sind schon lange ausgezogen. Jetzt steht er nicht weit von seinem Haus entfernt, sozusagen über den Buntsandsteinfelsen und lässt seinen Blick über das schöne Rurtal schweifen. In der Abenddämmerung wirkt das Tal noch romantischer. Für solche Momente der Muße hat er bis dato wenig Zeit gehabt. Aber das soll sich jetzt ändern. In nur wenigen Wochen wird er sich aus dem aktiven Berufsleben zurückziehen. Wahrscheinlich noch vor seinem Geburtstag. Er hat sich immer vorgenommen, mit 70 Jahren nicht mehr zu arbeiten. Vorab möchte er aber erleben, wie sein Baby der Fachwelt vorgestellt wird. Unter der Handelsbezeichnung 'Zytogastrin' soll es die Nebenwirkungen, insbesondere das Erbrechen, bei einer Therapie mit Zytostatika verhindern. Das wäre ein bahnbrechender Erfolg in der Geschichte der sogenannten Chemotherapie. Aus zuverlässiger Quelle ist ihm bekannt, dass auch die Atlantis AG an einem ähnlichen Mittel arbeitet. Umso wichtiger ist es, dass

die Bremer AG so schnell wie möglich mit dem
Therapeutikum auf den Markt kommt. Er hat
diesen Tag so herbeigesehnt. Doch jetzt hat
er regelrecht Angst davor. Huti plant etwas.
Bei dem Gedanken daran, läuft ihm ein eis-
kalter Schauer den Rücken herunter.

Reflexartig zieht Professor Sebastian Martens
seine graue Strickjacke im Trachten-Stil ein
bisschen enger zusammen. Obwohl er natürlich
weiß, dass er so die aufkommende Kälte nicht
beheben kann. Sie plant etwas. Huti, seine
ehemalige Geliebte. Ginge es ihr darum, seine
Frau in die Geheimnisse der zehn Jahre andau-
ernden und vor einem halben Jahr beendeten
Affäre einzuweihen, so hätte sie das längst
getan. Das hätte dann in Nideggen schnell die
Runde gemacht und wäre noch schneller bei
Edda von Bernau gelandet, mit der seine Frau
befreundet ist. Edda wiederum gehört zu Hutis
weiterem Familienzweig. Und Huti hasst Edda.
Hätte er sich aber, wie mal vor Jahren ange-
dacht, von seiner Frau getrennt, wäre Huti
mit ihm als offiziellem Lebensgefährten an
ihrer Seite - sofort zu Edda gerannt. Trium-
phierend! Aber die Blöße, seine Geliebte gewesen zu sein, die ewig Zweite, hätte sie
sich niemals vor Edda gegeben.

Er geht ein paar Schritte zurück und setzt
sich auf die Holzbank. Auch von hier aus ist
der Blick über das Rurtal gigantisch. Seine
Waage hat am Morgen 104 Kilo angezeigt, vermutlich ist er jetzt am Abend noch ein halbes
Kilo schwerer. Bei einer Größe von 1,72 Metern ist das eindeutig zuviel. Mit 90 Kilo
wäre er zwar auch noch nicht schlank, hätte
aber das Gewicht erreicht, das sein Hausarzt
gerade noch für vertretbar hält. Fünf Kilo
hat er während der vergangenen sechs Monate

zugenommen. Während seiner Zeit mit Huti war es ihm wichtig gewesen, gewichtsmäßig nicht dreistellig zu werden. Aber auch mit 99 Kilo waren ihm die erotischen Eskapaden zusehends schwerer gefallen. Ja, es gab tatsächlich mal eine Zeit, in der er sich ernsthaft von Henriette trennen wollte. Vor drei Jahren muss das gewesen sein. So ungefähr. Irgendwer hatte im Labor das Radio eingeschaltet. Und der Textfetzen eines Udo-Jürgens-Liedes war zu ihm durchgedrungen. 'Mit 66 Jahren, da fängt das Leben an. Mit 66 Jahren da hat man Spaß daran. Mit 66 Jahren, da kommt man erst in Schuss. Mit 66 Jahren, ist noch lang noch nicht Schluss.'

Ihm war mit einem Mal alles so fad erschienen. Er wollte das wilde Leben mit Huti nicht nur stundenweise, sondern für immer haben. Die Welt bereisen. Sich ein Motorrad kaufen. Eine Harley. Amerika und die Route 66, passend zum Alter, so abgelutscht dieser Traum auch sein mag. Zwei oder drei Monate hatte dieser Traum angedauert. Bis zu dem Zeitpunkt, als er sich mit seinem Steuerberater zusammengesetzt und die Kosten einer Scheidung und deren Folgen durchkalkuliert hatte.

Nachdenklich zupft er an seinem Kinnbart. Die Romantik des Sonnenuntergangs ist der aufkommenden Dunkelheit gewichen. Zeit, nach Hause zu gehen. Henriette hat ihm bestimmt schon einen Cognac auf den kleinen Ebenholztisch neben seinem Ohrensessel gestellt. Mittlerweile ist es wirklich kalt geworden. Aber diese Kälte erklärt nicht den Schauer, der ihm noch einmal über den Rücken läuft. Sie hat etwas vor! Huti hat eindeutig etwas vor.

38.

Angela Wergen, Hausmeisterin und Haushalts-
hilfe von Klaus Steffens, öffnet in ihrer
bunten Kittelschürze die Haustür. Sie ist wenig begeistert, als Harald Keller in Begleitung von Ruth Pitscher bei ihr den Wohnungs-
schlüssel holt. Hat sie doch darauf gehofft,
dem 'Mannsbild' einmal alleine zu begegnen.

„Ihre Frau?!"

„Marianne Hages", stellt Ruth sich vor. „Die
Assistentin von Herrn Hauptkommissar."

Jetzt ist Frau Wergen gleich ein bisschen
umgänglicher.

„Arbeiten Sie schon lange für ihn?"
„Ja … bald werden es 20 Jahre."
„Da könnten Sie bestimmt einiges erzählen."
„Ja", sagt Ruth und zwinkert ihr zu. „Ich
darf Ihnen ja theoretisch nichts erzählen."
„Vielleicht darf ich Ihnen später einen
Kaffee machen?"
„Wenn es unsere Zeit zulässt, gerne. Wir ha-
ben im Moment sehr viel zu tun."
„Dann wünsche ich Ihnen viel Erfolg. Und dem
Herrn Hauptkommissar auch."

„Danke, liebe Frau Wergen", nimmt Harald den
Schlüssel entgegen.
Angela Wergen hält ihn am Ärmel fest: „Wissen
Sie eigentlich, dass unser Kloster schließen
muss?"
„Ja, schrecklich", legt Harald eine gute Por-
tion Betroffenheit in seine Stimme.
„Was wird dann aus der Erbsensuppe?", legt
Ruth nach.
„Da hab' ich ja noch gar nicht drüber nach-

gedacht", fasst Angela Wergen an die Stelle ihres Kittels, hinter der sie ihr Herz vermutet.

Mit dem Schlüssel in der Hand gehen sie zu Fuß den Eichelberg hoch. Harald lenkt Ruth zu einem dreistöckigen, weißen Haus auf der linken Straßenseite.

„Hier ist es", deutet er auf einen gepflegten Vorgarten und öffnet das Törchen.
„Schon ein komisches Gefühl. Er wohnte seit vielen Jahren nicht weit von mir entfernt, ohne dass ich das wusste. Und jetzt stehe ich vor seinem Haus und er ist tot."
Harald legt ihr die Hand auf die Schulter und räuspert sich: „Komm', gehen wir hinein."

Im Treppenhaus riecht es nach chlorhaltigem Putzmittel. Es scheint, dass sich Angela Wergen wegen des anstehenden Besuches des Herrn Hauptkommissars noch einmal richtig ins Zeug gelegt hat.

„Extra wegen dir", lacht Ruth.
„Quatsch!"
„Nun komm' schon. Es schmeichelt dir!"
„Na gut, ein bisschen."

Als Harald die Wohnungstür aufschließen will, wird sie von innen aufgedrückt. Erschrocken springt er zur Seite. Ein schwarz gekleideter Mann mit Rollmütze, Sonnenbrille und über die Nase gezogenem Bandana-Tuch schiebt Ruth unsanft aus dem Weg und läuft die Treppe hinunter. Ruth zieht ihr Smartphone aus dem Rucksack und läuft zum Flurfenster.

„Erwischt! Obwohl ich sowieso weiß, wer das ist. Das Tuch habe ich gestern schon einmal gesehen … am Hals von Thorsten Wesseling. Aber ich werde das Foto später Marion Laprell zeigen. Die kennt diesen Halunken ja."

Die Wohnung ist schick und eher kühl einge- richtet. Schwarz und Chrom dominieren. Boden- kissen mit Ethno-Muster im Wohnzimmer lassen auf ein Geschenk von Marion schließen. Im Büro herrscht absolutes Chaos. Alle Schubla- den sind aus dem Schreibtisch und den Schrän- ken heraus gerissen. Der dunkle Parkettboden ist mit Papieren übersät.

„Was suchen wir genau?", fragt Ruth und hebt dabei ein paar Kontoauszüge auf.

„Das weiß ich auch nicht", sagt Harald. „Aber nehmen wir an, dieser vermummte Mann war tat- sächlich dieser Wesseling. Dann muss Klaus Steffens etwas haben, oder gehabt haben, das ihm schaden könnte. Als ich zuletzt mit Hape hier war, haben wir uns sehr gewundert, dass es in der kompletten Wohnung keinen einzigen PC gibt. Sollte Wesseling ein Gerät gefunden und beiseite geschafft haben, so hat er wohl darauf nicht die gesuchte Datei gefunden."

„Wir suchen also eine handschriftliche Auf- zeichnung oder ein Handy oder Ähnliches?"
„Ja, oder hast du eine andere Idee?"

Ruth zuckt mit den Schultern und geht in die Küche. Auch hier dominiert Chrom, jetzt aber in Verbindung mit Weiß. Sie mag ja Chrom und hat selbst einiges aus diesem Material in ihrer Wohnung. Aber die Kombination hier ist ihr eindeutig zu kalt. Für etwas Wärme sorgt ein gerahmtes Foto von Klaus und Marion. Die beiden stehen auf einem Segelboot und strah- len um die Wette. Das ist bei Klaus am Mund

zu erkennen. Seine Augen sind nicht zu sehen.
Der Haken, an dem das Bild befestigt ist,
dient auch einem getrockneten Blumenstrauß
als Halt. Und dieser Strauß verdeckt die Augen von Klaus. Ruth schiebt die Blumen zur
Seite und ärgert sich im gleichen Augenblick,
denn der Strauß fällt auseinander und einzelne Trockenblumen-Teile bröckeln auf die
schwarz-weißen Bodenfliesen. Vom Stil einer
gelben Rose löst sich etwas. Ein Chip. So
klein, dass er in ein Smartphone passt …

39.

In der vergangenen Nacht hat sie schlecht geschlafen. Generell schläft sie besser, wenn
Kurt Diebel im Haus ist. Allerdings ist das
Nicht-schlafen-können nicht nur der Abwesenheit ihres Vertrauten geschuldet gewesen.
Jetzt ist schon Mittag. Den Blick über Kreuzau kann sie nicht wirklich genießen. Im Labor
hat sie sich krankgemeldet. Sebastian hat
nicht weiter nachgehakt und ihr gute Besse-
rung gewünscht. Sie solle sich ein bisschen
Ruhe gönnen, hat er gesagt. Jetzt rechnet Sabine Hutmacher ständig mit einem Anruf Thorstens, der sie bestimmt unter einem Vorwand im
Labor gesucht hat. Von Kreuzau darf er nichts
wissen. Von Kreuzau darf niemand etwas wissen. Ihren geheimen Ort hätte sie Sebastian
gezeigt, so er sich denn wirklich von seiner
Frau hätte scheiden lassen. Gedankenverloren
beißt sie in ihr Brötchen und nimmt einen
Schluck aus dem dunkelgrünen Steingut-Becher
mit dem orangen Schriftzug 'Bremer'. Zwei
Spaziergängerinnen biegen zum Reitersweg ab.
Der Name erinnert sie an den Reitstall Pütz.
Da hatte sie als kleines Mädchen geritten.

Und die Mutter und Oma Anna hatten so manches Mal dabei zugesehen.

Das ist gestern knapp gewesen. Warum ist ihr erst so spät aufgefallen, dass Thorsten sie verfolgt? Erst an der Ampel Dürener Straße – Bahnhofstraße. Da hat sie geistesgegenwärtig den Blinker gesetzt und ist Richtung Dorfmitte gefahren, um dann an der Kreuzung Mittelstraße den Wagen bewusst absaufen zu lassen. So hat sie sich überzeugen können, dass es Thorsten ist, und dieser sie auch ganz klar verfolgt. Schließlich hat sie ihm auf dem Rewe-Parkplatz die Geschichte von der Verwandtschaft in Nideggen aufgetischt. Als ob sie nach Nideggen hätte fahren wollen?! Edda macht sie nur wütend und Sebastian möchte sie nun wirklich nicht begegnen … und ganz bestimmt nicht in einem alten Golf mit Dürener Kennzeichen. Nach der Trennung soll der erst Recht nichts von dem Haus in Kreuzau wissen. Über ihn sollte sie aber jetzt nicht weiter nachdenken. Gedanken sollte sie sich aber um Thorsten machen. Der würde versuchen, in Erfahrung zu bringen, auf welche Person der Golf zugelassen ist. Und dann hätte er auch Kurts Adresse und würde vermutlich voller Eifersucht in Kreuzau auftauchen.

'Cora' hieß das Pferd, das sie damals im Reitstall Pütz geritten hatte. Eine Araber-Schönheit mit dunkler Mähne und feurigen Augen. Oma Anna sagte immer, sie beide würden sich ähneln. Sie und das Pferd. Die Erinnerungen an Oma Anna und Cora lassen sie ruhiger werden und noch einmal in ihr Brötchen mit Leberwurst beißen. Sie wird Thorsten später anrufen und ihm ein Date im Kölner Haus anbieten. Das wird ihn hoffentlich von weiteren Nachforschungen abhalten.

40.

„Magst du ein Glas Wein mit mir trinken?"
„Am helllichten Tag?"
„Meine große Liebe ist vor wenigen Augenblik-
ken im Krematorium in Mechernich verbrannt
worden. Du erzählst mir, dass er vermutlich
ermordet wurde. Und das eventuell durch sei-
nen 'Ziehsohn', der auch hier ein- und aus-
ging. Ich finde, liebe Ruth, das sind genug
Gründe, am helllichten Tag ein Glas Wein zu
trinken."
„Du hast mich überzeugt!"
„Weiß oder Rot?"
„Rot!"
„Wäre ein Merlot für dich in Ordnung?"
„Aber sowas von in Ordnung!"

Dann soll Harald später ihren Mini fahren. Er
fährt zwar nicht gerne und hat sein Auto seit
Maritas Tod ungenutzt in der Garage stehen,
aber er kann fahren. Ein Glas Wein mit Marion
in dieser Situation abzulehnen, wäre extrem
unhöflich. Sie haben sich wieder in den hinteren Bereich der Galerie zurückgezogen und
sitzen nun beide auf der moccafarbenen Couch.
Marion trägt wieder Jeans und eine Bluse im
Carmen-Stil. Heute in Flaschengrün. Zum Merlot bietet sie Bergkäse und Walnüsse an.
Selbst gesammelt, wie sie betont. Harald ist
mit dem Bus zum Kloster Mariawald gefahren.
Dort möchte er sich über den aktuellen Stand
der Dinge informieren und dann, entlang des
Kreuzweges, zurück nach Heimbach wandern.

Marion hat nachgeschenkt, zwischenzeitlich
eine Zigarette vor der Hintertür geraucht und
sich Notizen für Pfarrer Doncks gemacht, der
Freitag den Beerdigungs-Gottesdienst halten
soll. Ruth hat ein paar Episoden über den

Schüler Klaus beisteuern können. Ansonsten
nicht immer ganz so korrekt was gängige Ge-
setze betrifft, überlegt Ruth mehrfach laut,
ob sie nicht doch die Polizei einschalten
sollten. Nicht wieder van Damm, sondern die
Dürener Polizei, oder gleich Landrat Spelt-
hahn, als Leiter der Kreispolizeibehörde.

„Bitte nicht, Ruth!", ist Marion gar nicht
von der Idee angetan. „Obduziert werden kann
er sowieso nicht mehr. Ich möchte die Asche
von Klaus in aller Ruhe und mit Anstand unter
die Erde bringen. Ich will nicht, dass die
Trauerfeier durch irgendetwas gestört wird.
Und sei es nur durch blödes Gerede. Ab Frei-
tagnachmittag gebe ich dir Grünes Licht, wenn
du dann noch zur Polizei gehen möchtest."

„Okay. Dann haben wir einen Deal. Aber trotzdem lässt mich das Gift nicht los. Es muss ja
wohl in den Dragees gewesen sein, die er bei
sich trug. Aber die Bitburger haben doch den
Riegel untersucht."
„Klaus hatte diese Riegel überall rumliegen."
„Van Damm hat dir doch höchstpersönlich die
Tasche gebracht."
„Ja, die Tasche ist hier. Die hat Thorsten
Wesseling schon zuletzt nach einem angebli-
chen Firmen-Rechner durchsucht. Also, ich hab
die Tasche in den Kofferraum gesteckt. Da
liegt sie noch immer. Ich gehe sie holen."

Ruth nippt an ihrem Rotwein und sieht Marion
nach, wie diese durch eine Hintertür das
Atelier verlässt. Mutet sie ihr zu viel zu?
Dass sich die Reisetasche mit Klaus Kleidung
noch immer im Kofferraum befindet, spricht
doch eine klare Sprache. Marion braucht etwas
Distanz zu den Dingen. Und sie kommt wie ein
Elefant im Porzellanladen daher. Sie hätte

Marion nicht nach der Tasche fragen sollen.

Als die geöffnete Tasche vor ihr steht und einen Blick auf das graue T-Shirt mit dem bordeauxfarbenen Rand freigibt, das Klaus beim Spaziergang in Bitburg getragen hat, ist es Ruth, die schlucken muss.

„Hat er das an jenem Nachmittag getragen?", will Marion wissen.
„Ja."

Jetzt laufen beiden ein paar Tränchen die Wangen hinunter.

„Ich bin froh, dass du heute bei mir bist", sagt Marion. „Und jetzt lass' uns die Tasche nach den Tabletten durchforsten. Ich will wissen, wer oder was ihn getötet hat."

Zwischen ordentlich gefalteten Unterhosen finden sie schließlich einen Riegel KGT, in dem zwei Dragees fehlen.

„Beim Abendessen hat er einen noch kompletten Riegel aus der der Tasche seines Jacketts ge-zogen", erinnert sich Ruth. „Ab da ging es ihm zusehends schlechter. Das wird mir erst jetzt bewusst. Als er dann auf seinem Zimmer richtig heftige Krämpfe bekam, hab' ich ihm eine zweite Tablette gegeben … aber ich konn-te doch nicht ahnen …"
„Ach Ruth, da kannst du doch nichts für", nimmt Marion ihre Hand. „Du wolltest ihm hel-fen."
„Ja, ich wollte ihm helfen", sagt Ruth ganz leise. „Sag' mal, Marion, weißt du, ob KGT von Bremer hergestellt wird?"
„Ja, von der BreMed, einer Tochterfirma. Da saß Klaus quasi an der Quelle."

„Wenn das für dich in Ordnung ist, lass' ich die Dragees von Niravi, einer Chemikerin und Freundin, untersuchen", sagt Ruth und steckt währenddessen schon den Riegel in ihren Rucksack.

Marion nickt nur müde mit dem Kopf. Die Tür der Galerie öffnet sich vorsichtig, obwohl Marion das „Heute geschlossen"-Schild aufgehängt hat. Es ist Harald, der leise ruft und dann ein wenig unbeholfen auf die Sitzecke zugeht. Nach einer kurzen Vorstellung lässt er sich von Marion einen frisch gebrühten Kaffee servieren und setzt sich, den beiden Frauen gegenüber, in einen der beiden Sessel. Marion schiebt ihm das Schälchen mit den Walnüssen rüber. Harald greift beherzt zu und lässt Ruth eine nonverbale Botschaft mittels seiner Augen zukommen.

„Du kannst offen sprechen. Marion ist eingeweiht und hofft genauso wie wir, dass der Mörder schnell gefasst wird. Wir haben übrigens einen weiteren Riegel KGT gefunden, den ich von Niravi untersuchen lassen werde."

„Immer im Dienst", lacht Harald und wendet sich an Marion: „Sagt Ihnen der Name Kurt Diebel etwas?"

„Nein, wer soll das sein?"
„Der steht in einer ungeklärten Verbindung zu einer Frau, die wiederum mit Thorsten Wesseling in Verbindung steht. Vermutlich in sehr enger."
„Wie heißt diese Frau?"
„Sabine Hutmacher."
„Dr. Sabine Maria Hutmacher?"

Marion ist ganz blass geworden.

„Klaus hatte so etwas immer vermutet. Aber Thorsten Wesseling stritt das ab. Klaus sagte mal zu mir: 'Diese Frau wird ihn noch ins Grab bringen.' Und was ist, wenn diese Frau jetzt meinen Klaus ins Grab gebracht hat?"

Ein weiteres Glas Merlot und einige Walnüsse später verabschieden sich Ruth und Harald von ihrer Gastgeberin, nachdem sie ihr versichert haben, am Freitag zur Beerdigungsfeier zu kommen. Jetzt sitzt Ruth auf dem Beifahrersitz ihres Minis und kassiert gespielt böse Blicke von Harald, sobald sie ihm erklären will, wann er schalten soll.

„Bis zur Dämmerung ist es noch weit hin und ich hab' schon leicht einen sitzen. Ich sollte mich schämen."
„Solltest du. Bist du trotzdem noch aufnahmefähig? Da gibt es noch etwas, was ich von Hape erfahren habe, aber nicht vor Frau Laprell ausplaudern wollte. Man kann ihr vertrauen, bestimmt. Und sie ist wirklich sehr sympathisch. Aber klares Denken setzt bei ihr aus, sobald der Name Hutmacher ins Spiel kommt."

Jetzt ist es an ihm, Ruth ein bisschen zappeln zu lassen. Und das genießt er.

„Übrigens: Das Kloster wird auf jeden Fall geschlossen, wie es mit der Küche weitergeht ist noch unklar."
„Was hast du von Hape erfahren?"
„Ach ja, Hape …"
„Nun erzähl' schon!"
„Der schwarze Golf ist auf Kurt Diebel zugelassen. Und der wohnt Bildstöckchen 8-12."
„Ja. Das Namensschild hab ich schon mal an einem kleinen Gartentörchen gesehen, wenn ich

da oben vorbei spaziert bin. Das ist jetzt nicht wirklich neu."

„Na gut. Aber ich bin noch nicht fertig. 8-12 lässt ja schon auf ein etwas größeres Anwesen schließen. Das Gebäude hat eine Fläche von 300 Quadratmetern, umgeben von knapp zwei Hektar Land. Und das gehört alles einem einfachen Mann, der 2900 Euro Brutto im Monat verdient? Als Hausangestellter? Als Hausangestellter bei Dr. Sabine Maria Hutmacher in Köln-Marienburg?"

41.

Zwei- oder dreimal im Jahr fährt er ins 'Pascha'. Mehr gibt es zum Thema 'Kurt und die Frauen' eigentlich nicht zu sagen. Zumindest was die sexuelle Ebene betrifft. Für die Frau, für die er arbeitet, würde er töten. Sie ist der Mensch, der ihm am nächsten steht. Eigentlich ist sie er einzige Mensch, der ihm etwas bedeutet. Nach dem Tod seiner Mutter. Seit einer halben Stunde durchforstet er jetzt schon das Gelände rund um das Kreuzauer Haus. Er schleicht wie eine Raubkatze und schließt damit aus, dass ein eventuelles Knacken im Unterholz durch ihn verursacht werden kann. Nachdem er in Köln nach dem Rechten gesehen, den Rasen gemäht und die Putzfrau beaufsichtigt hat, ist er mit Bus und Bahn zurückgefahren.

Die Kreuzauer sind ja schon manchmal etwas seltsam. Gerade aus der Rurtalbahn ausgestiegen, sind ihm in der Eifelstraße zwei alte Frauen mit Rollator entgegengekommen. Sie haben ihn angestarrt, als sei er der Leibhaftige persönlich. Dann haben sie sich bekreuzigt und ganz schnell ihre Gehhilfen

weitergeschoben. Die mit der weißen Wasserwelle hat sich hat sich in sicherem Abstand
noch einmal zu ihm umgedreht und voller
Verachtung 'Hippie' gerufen. Wasserwelle! Ja,
so hatte diese Frisur geheißen, die seine
Mutter immer so schick fand und die ein wenig
an die Stummfilmstars erinnerte. Endlich zuhause angekommen, hat er sie auf der Veranda
vorgefunden. Abwesend, fast apathisch. Dann
hat sie erzählt.

„Bitte machen Sie sich keine Sorgen mehr",
hat er gesagt. „Ich werde jetzt erst einmal
draußen Wache schieben und auch den Reitersweg und das Bildstöckchen im Auge behalten."

Er wird niemals vergessen, dass sie damals
seiner Mutter geholfen und ihm eine Anstel-
lung gab. Nun hat er einen wunderbaren Überblick … bis zum Bildstöckchen und zur ehemaligen Sandgrube auf der einen Seite und dem
Wald und dem Reitersweg auf der anderen Seite. Sein Leben war eigentlich ganz gut verlaufen, bis zu jenem Tag, an dem seine Mutter
mit der verheerenden Diagnose nach Haus kam.
Magenkrebs. Das war 1995 gewesen. Er arbeite-
te als Werkzeugmacher in Bingen, verdiente
nicht schlecht und wollte, so der damalige
Plan, anfangen, ein Haus für sich und seine
Mutter zu bauen. Ein Stück des Magens wurde
entfernt. Später stellte sich heraus, dass
der Krebs schon gestreut hatte. Er begann
nun, seine wöchentliche Arbeitszeit zu hal-
bieren und sich verstärkt um seine Mutter zu
kümmern. Plötzlich sind die Bilder wieder da.
Helene Diebel, seine Mama, stets pausbäckig,
übergewichtig und fröhlich. Vor Ausbruch der
Krankheit. Plötzlich war sie untergewichtig,
hohlwangig und mit traurigen Augen. Die
Schmerzen wurden immer stärker und Morphium

wollte ihr kein Arzt verschreiben. Mitte der 90er stand der palliative Aspekt einer Behandlung noch nicht im Vordergrund.

„Hilf' mir bitte", sagte sie und drückte dabei seine Hand. Der lasche Druck dieser einst zupackenden Hand war wohl der Auslöser gewesen. Er brach - maskiert - in eine Apotheke ein und wurde noch in derselben Nacht verhaftet. Fünf Jahre Knast. Wegen guter Führung wurde er aber schon nach dreieinhalb Jahren entlassen. Die Mutter war zwischenzeitlich verstorben.

Kurt geht noch einmal zum Haus zurück. Sie sitzt noch immer auf der Veranda und sieht so verloren aus.

„Ich bringe Ihnen eine Decke. Vielleicht auch eine heiße Milch?"
„Das wäre wunderbar. Danke. Danke für alles."

So gefühlvoll hat er sie nie erlebt. Jetzt lächelt sie ihn sogar dankbar an. Das macht ihm fast ein bisschen Angst. Unter kräftigem Rühren erwärmt er die Milch und fügt einen Löffel Lindenblütenhonig hinzu. Am Begräbnis der Mutter durfte er unter Aufsicht teilnehmen. Ihm war sofort die dunkelhaarige Frau aufgefallen, die - wenn auch schlicht gekleidet - eindeutig nicht in den Bekanntenkreis seiner Mutter passte. Sie kondolierte und gab ihm einen Brief seiner Mutter. Das war seine erste Begegnung mit Frau Dr. Sabine Maria Hutmacher gewesen. Zurück im Knast las er den Brief seiner Mutter:

Mein lieber Kurt,
meine Tage sind gezählt. Bald haben die
Schmerzen ein Ende. Der Himmel hat mir Frau

Dr. Hutmacher geschickt. Sie hat eine Stif-
tung für krebskranke Menschen gegründet und
kümmert sich persönlich um mich. Sie hat mir
versprochen, sich um dich zu kümmern. Melde
dich bei ihr, wenn du entlassen wirst.
Ich liebe dich, mein Sohn,
deine Mama

Er füllt die heiße Milch in einen Porzellan-
becher, auf dem ein Teddybär abgebildet ist.
Diese Tasse hatte Oma Anna ihr geschenkt.
Jetzt hat sie sich in die Decke gewickelt und
wirkt ruhig, aber nicht mehr apathisch.

„Ich mache noch eine Kontrollrunde!"

Sie nickt ihm aufmunternd zu und nippt vorsichtig an der heißen Milch. Kurt nimmt seinen Kontrollgang wieder auf. Da schlendert
jemand schon zum wiederholten Mal am Gartentörchen vorbei. Das könnte ja schon dieser
Wessling sein, von dem sie gesprochen hat.
Diese Person wird er sich einmal genauer
ansehen.

42.

„Wenn du schon freiwillig sagst, dass du zwei
Gläser Wein getrunken hast, dann waren es
eher drei", lacht Niravi durch das Telefon.
„Und das bedeutet, dass du nicht mehr fahren
kannst. Auch keine kurze Strecke."
„Du Spielverderberin", knurrt Ruth. „Aber du
hast natürlich Recht. Ich nehme den Bus um
18.05 Uhr."

„Dann komme ich dich an der Kuhbrücke abholen."

„Schön. Aber wären nicht Garnbleiche oder De-
chant-Bohnekamp-Straße besser für dich?"
„Nicht, wenn ich zu Fuß gehe."
„Oh!"
„Deine Begeisterung springt förmlich durchs
Telefon."
„Okay. Ein bisschen Frischluft kann nicht
schaden."

Gesagt, getan. Und jetzt sitzen die beiden,
Ruth ein bisschen außer Atem, auf den roten
Sitzkissen auf Niravis Balkon. Zwischen ihnen
steht eine Holzkiste, auf der das schon einmal sehr erfolgreich genutzte Heimwerker-Set
für Chemiker aufgebaut ist. Niravi hat jedes
Dragee aus dem angebrochenen Riegel genommen
und geviertelt. Die Viertel wiederum hat sie
mittels einer Pinzette in Reagenzgläser ge-
füllt und mit Flüssigkeiten beträufelt.

„Jedes 3. Dragee besteht aus Botalinumtoxid.
Ein perfides Spiel. Der Mörder muss gewusst
haben, dass dein Jugendfreund mehrere Tabletten innerhalb eines kurzen Zeitraums nimmt.
Oder es war ihm egal, ob er heute, oder morgen oder übermorgen stirbt. Es kann natürlich
sein, dass der Riegel, den die Bitburger haben untersuchen lassen, auch Botox enthielt.
Vielleicht haben die ein oder zwei giftfreie
Dragees erwischt. Wer weiß?"

Ruth ist blass geworden. Sie denkt an Marions
Bemerkung bezüglich Dr. Hutmacher: 'Und was
ist, wenn diese Frau meinen Klaus ins Grab
gebracht hat?'

43.

Im Gegensatz zu seiner 'Mitarbeiterin' ist Harald eigentlich immer darauf bedacht, sich im Rahmen der gesetzlichen Möglichkeiten zu bewegen. Jetzt ist er unschlüssig. Da es offiziell keinen Fall Steffens gibt, wie van Damm ihm unmissverständlich zu verstehen gegeben hat, können seine Recherchen ja auch nicht 'amtsanmaßend' sein. Was er aber keineswegs möchte, ist, seinen Freund und ehemaligen Mitarbeiter Hape in Schwierigkeiten bringen.

„Hür misch doch op, do halve Jeck", sieht Hape die Geschichte gelassen. „Mir john zesamme spaziere, lans de Bösch. Ich han Fierovend. Mir senn 'rein privat' ongewähs."

„Ist ja gut Hape. Ich hab' verstanden. Manchmal bin ich wohl überkorrekt."
„Datt es ongetrevve. Ävve do bess ene eschte Kierl. Komm!"

Und so spazieren sie am Stadion vorbei, durch Niederdrove in Richtung Wald. Hape trägt seinen grünen Trainingsanzug, ein Relikt aus der Zeit, als die Polizei noch grün trug. Wieder einmal ist Harald versucht, Hape nach dem aktuellen Stand der Dinge, die Frauen betreffend zu befragen. Besinnt sich aber eines Besseren.

„Isch hann e Dejt am Friedaach", scheint Hape die Gedanken seines ehemaligen Chefs lesen zu können.

„Darf ich wissen, mit wem?", fragt Harald und hat fast ein bisschen Angst vor der Antwort. Angst deswegen, weil Hape leider schon sehr

oft ausgenutzt wurde. Umso mehr freut er sich
über die Anwort.

„Elvira Klein.“
„Die nette Frau Klein aus der Backstube?“,
vergewissert Harald sich.
„Jenau. Mir faahre mem Rad no Mobach on john
bejm Strepp jett esse.“
„Das freut mich für dich. Sehr.“

Den asphaltierten Teil von Niederdrove haben
sie schon verlassen. Jetzt biegen sie links
ab, Richtung Wald. Der Feldweg ist durch einige Pfützen gezeichnet. Harald kämpft gegen
das Bedürfnis an, hinein zu springen.

„Datt ess e esch Mensch, datt Elvira“, kommt
Hape noch mal auf sein Herzensthema zurück.
„Ja, das ist sie. Marita mochte sie immer
sehr. Ich glaube, Marita würde sich über eure
Verabredung ziemlich freuen.“

Und plötzlich ist es stärker als er, vielleicht liegt es ja ein bisschen an der aufkommenden Romanze zweier Menschen, die er
mag. Er nimmt Anlauf und springt mit beiden
Beinen in die Pfütze.

„Aber das sagst du keinem“, sieht er Hape
verschwörerisch an, während er Wasserreste
von seinen grauen Wildleder-Boots schüttelt.

Hape legt den rechten Zeigefinger auf seinen
Mund und nickt. Den Weg durch den Wald legen
sie schweigend zurück. Jeder seinen Gedanken
nachhängend. Sowie der Weg mit einer kleinen
Kurve aus dem Wald herausführt, legt Hape
wieder den rechten Zeigefinger auf seinen
Mund und bemüht sich, nur mit den Zehenspitzen aufzutreten. Harald macht es ihm nach.

Und so bewegen sie sich schweigend entlang des Zaunes, der das Diebelsche oder Hutma- chersche Anwesen abgrenzt. Mit Verlassen des Waldes setzt auch die Dämmerung ein. Vom Reitersweg her spendet eine Straßenlaterne ein wenig Licht. Sie nähern sich dem unauf- fälligen Tor mit der Aufschrift 'K. Diebel'. Ein leises Wimmern ist zu hören. Wieder legt Hape den Zeigefinger an seinen Mund. Harald zieht sein Smartphone aus seiner Anoraktasche und aktiviert die Taschenlampenfunktion. Er lässt das Licht kreisen und es bleibt dann bei einer sich krümmenden, dunkel gekleideten Gestalt hängen. Obwohl diese Person das Ge- sicht abwendet, ist ihm sofort klar, dass es sich um Thorsten Wesseling handelt.

44.

Wenn ein Tag schon so anfängt … kaum, dass er sich – entgegen seiner sonstigen Gewohnheit – mit einem frisch gebrühten Kaffee, aber ohne frische Brötchen, an seinen Schreibtisch ge- setzt und sein begonnenes Referat über Hein- rich Böll und die Drover Juden in die Hand genommen hat, um es für das Treffen des Ge- schichtsvereins fertig zu stellen, klingelt das Telefon. Es ist noch nicht einmal 8 Uhr. Und die einzigen, die zu dieser Zeit anrufen könnten, sind seine Tochter Steffi, die mit ihrer Familie eine Farm in Irland bewirt- schaftet, Hape und sein Hausarzt Dr. Reiner Backhausen. Es wird keine Rufnummer ange- zeigt. Da er einen der Genannten vermutet, nimmt er das Gespräch an. Sofort kitzelt eine schrille Stimme unangenehm seine linke Ohr- muschel. Die Stimme gehört zu Bärbel und die kommt gleich mit einem Vorwurf daher.

„Wolltest du dich nicht melden? Das hast du doch gesagt!"

„Das hätte ich auch gemacht", knurrt Harald.

„Und wann?"

„Weiß ich nicht. Vielleicht sogar heute. Wir haben uns Dienstag gesehen. Also vorgestern. Und der heutige Tag hat gerade erst angefangen. Jetzt würde ich gerne weiterarbeiten."

„Du arbeitest nicht mehr!"

„Doch!"

Das 'ch' von doch ist noch nicht ganz verklungen, da hat Harald schon aufgelegt. Heinrich Böll hat das nicht verdient, immer wieder aus der Hand gelegt zu werden. Aber er kann sich einfach nicht mehr konzentrieren. Er hatte so gehofft, das Thema Bärbel hinter sich gelassen zu haben, nach der Auseinandersetzung vor einem halben Jahr. Er hatte so gehofft, dass die ehemalige Arbeitskollegin seiner verstorbenen Frau jemanden gefunden hätte, dem sie ihre ungeteilte Aufmerksamkeit widmen kann. Jetzt ist er wütend, unkonzentriert, hat Schuldgefühle und großen Hunger. Er beschließt, sich von der netten Elvira Klein ein belegtes Brötchen und einen Kaffee servieren zu lassen. Vielleicht sogar noch ein Croissant. Und danach will er dem Büchlein von Böll endlich die Aufmerksamkeit zukommen lassen, die es verdient.

Er tauscht seine Pyjamahose gegen eine Jeans und greift nach seinen grauen Boots. Nein, die kann er nicht anziehen. Die sind völlig verdreckt. Was hat ihn gestern Abend eigentlich dazu bewegt, mit Anlauf in eine Pfütze zu springen? Egal! Und dann dieser Thorsten Wesseling, der angeblich über eine Wurzel gestolpert war und sich nicht helfen lassen wollte. Wesseling blieb bei der Stolpervariante und gab an, keinen Kurt Diebel zu kennen. Nach einer Frau Dr. Hutmacher fragten Hape und er ganz bewusst nicht. Hape war schließlich nicht im Dienst, und er sowieso nicht. Wesseling sollte ja auch nicht wissen, dass sie so einiges wissen. Er entscheidet sich für die dunkelblauen Timberlands und wählt Ruths Nummer. Vielleicht mag sie ja mit ihm zusammen frühstücken? Dann kann er sie auch über die neuesten Ereignisse in Kenntnis setzen.

45.

Sie hätte es gestern bei den zwei oder drei Gläsern Merlot mit Marion belassen sollen. Aber als sie nach der 'Laboruntersuchung' bei Niravi nach Hause kam und Harald telefonisch nicht erreichte, öffnete sie eine 'halbe Flasche' Merlot, die vom Discounter ihres Vertrauens genauso bezeichnet wird. Und so leerte sie diese mit und mit, während sie mit 'Skywalker-1A' chattete. Dessen Wunsch nach einem Treffen war sie zum Glück nicht nachgekommen. Aber sie recherchierte mittels PC Psychotherapeuten in der Nähe, fand fünf in Kreuzau und drei weitere in Rölsdorf und Lendersdorf. Deren Namen kopierte sie in ein leeres Word-Dokument und ließ viel Platz zwischen den einzelnen Namen. Sie wollte anrufen und sich Notizen machen. Gleich am nächsten Morgen um 8 Uhr.

Und so sitzt sie jetzt mit einer Tasse starkem Kaffee an ihrem PC und hat bereits bei vier Praxen angerufen. Zwei nehmen gar keine neuen Klienten mehr an und die anderen beiden können ihr frühestens in einem halben Jahr einen Termin anbieten. Beim fünften Anruf hat sie Glück. Dort hat ein Klient gerade seinen Umzug in ein anderes Bundesland verkündet und sämtliche noch ausstehende Termine abgesagt. So kann sie sich 'Montag, 16. September, 10 Uhr' in ihren Kalender notieren und ist erleichtert. Just in diesem Augenblick klingelt ihr Telefon.

„Magst du mit mir bei Büschels frühstücken?" „Perfekt. Ich hab' einen Bärenhunger. Bin in zehn Minuten da."

Schnell versucht Ruth, ihren Pagenkopf mit etwas Haarspray in Fasson zu bringen. Seitdem ihre Haare ergraut sind, sind sie noch dicker und eigenwilliger geworden. Noch ein Hauch Rouge und Wimperntusche und dann nichts wie los. Eigentlich will sie ja zu Fuß zur Backstube gehen, aber dann lacht ihr roter Mini sie so nett an. Da kann sie einfach nicht widerstehen.

46.

Sebastian hat Angst vor ihr. Und das ist gut so. Dass mittlerweile kleine Schweißperlen seine Denkerstirn zieren, sobald sie in seine Nähe kommt, hält sie jedoch für maßlos übertrieben. Er scheint Angst um sein Leben zu haben. Sein erbärmliches kleines Leben. Dabei will sie ihm das gar nicht nehmen. Sie will es lediglich ruinieren. Und das wird schon bald der Fall sein. Die Vorstellung, wie er anfängt zu schwitzen, sobald sie den Raum betritt, hat sie in den frühen Morgenstunden – eigentlich noch müde – mit einem Lächeln aufstehen und nach Köln fahren lassen. Zuerst nach Marienburg zum Auto- und Kleiderwechsel

und dann zur Firma. Im Briefkasten hat sie
eine Einladung vorgefunden … aus der Schweiz.
Er will es tatsächlich wieder tun. Sie erneut
verraten. Aber darum wird sie sich später
kümmern. Kurt kann ihr dabei helfen. Als sie
sich vor einer Stunde in ihrem Ankleideraum
in ihrer Villa in Marienburg umgesehen hat,
hat sie sich spontan für schwarz entschieden.
Eine enganliegende schwarze Hose, schwarze
Overknees und eine hochgeschlossenen schwarze
Bluse, die durch ihr edles Erscheinungsbild
dem Outfit das Dominahafte nimmt, aber nur
soviel, dass es noch immer reicht, Sebastian
Martens zu beunruhigen. Er denkt in die fal-
sche Richtung. Und das freut sie. Mit auf-
steigendem Würgereiz denkt sie an die vielen
Male, die sie diesen alt und schwammig wer-
denden Körper auspeitschte. Ganz zu Anfang
war da ja ein gewisser Reiz gewesen. Ein ge-
wisses Prickeln. Sie genoss ihre Macht und
baute einen Kellerraum ihrer Villa entspre-
chend aus. An der Kopfwand ließ sie einen
Pranger installieren. Die exzessiven Spiele
mit Sebastian folgten immer dem gleichen Ritual. Sie 'erwischte' ihn dabei, wie er an
sich selbst herumspielte, fesselte ihn an den
Pranger, er bat sie um Verzeihung und flehte
um Gnade, sie schlug zu, dann 'befreite' sie
ihn und er geißelte sich selbst … und kam zum
Höhepunkt. Dann wusch er sich mit einem Anti-
septikum seine Wunden aus, bat sie noch einmal um Verzeihung, zog sich an und bereitete
in ihrer Küche eine Mahlzeit zu. Pizza oder
Pasta. Und dazu gab es, je nach Jahreszeit,
Weißwein oder Rotwein. Und dann fuhr er zum
Kamin- oder Fernsehabend zu seiner braven
Ehefrau nach Nideggen.

Wenn sie sich jetzt diesen alten verängstig-
ten Mann im weißen Kittel anschaut, dessen

Knöpfe über dem Bauch spannen, überkommt sie fast so etwas wie Mitleid. Aber nur fast. Sie winkt Dr. Jens Festing zu, der in eine Gespräch mit Dr. Sebastian Martens vertieft ist. Durch ein Glasfenster kann sie die beiden sehen. In dem Moment, als Sebastian herüber schaut, schwingt sie eine imaginäre Peitsche, dreht sich um und verschwindet aus dem Sichtfeld der beiden. Alles zu seiner Zeit!

47.

Von der Uferpromenade aus offenbart sich ein einzigartiger Blick auf den Mont Blanc. Carina de Fabio ist aber weniger an der Aussicht interessiert, als vielmehr an der Detail-Planung ihrer Hochzeit. Die Hotelzimmer für die illustren Gäste sind gebucht. Natürlich alle direkt am See. Da hat sich ihr Verlobter nicht lumpen lassen. Morgen will sie sich mit ihm vor dieser Kulisse trauen lassen. Gerade hat er sich von ihr dazu überreden lassen einen silbergrauen Gehrock und einen Hut aus gleicher Farbe und gleichem Stoff zu tragen. Auch Dr. Karl August Hutmacher freut sich auf die Vermählung.

48.

Zum Glück handelt es sich bei 'Helga hilft' nur um eine Radiosendung. Solange ihre Stimme halbwegs sortiert klingt, ist alles in Ordnung. Die Haare stehen ihr zu Berge. Dies ist weniger der anstehenden Sendung geschuldet, als vielmehr dem Fragebogen, den sie für den Therapeuten vorab ausfüllen soll.

Kindheitserinnerungen! Da führt kein Weg an Großtante Hermine vorbei, bei der ihre Mutter aufgewachsen war, und die sich deswegen das Recht herausnahm, sich in deren Erziehung einzumischen. Sie kontrollierte ihre und Mariannes Kleidung und Ohren auf Sauberkeit. Bei Johannes war sie weniger kleinlich gewesen. Und sie hatte ihr das rote Holzauto weggenommen, weil sie der Meinung war, Mädchen sollten nicht mit Autos spielen. Ruth überlegt angestrengt, was für sie wohl schlimmer gewesen war, das Handeln der Großtante oder das Nicht-Einschreiten der Mutter. Sie rauft sich erneut die Haare, obwohl sie die Antwort längst kennt. Das Nicht-Eingreifen der Mutter hatte sie um ein Vielfaches mehr verletzt. Ganz einfach weil sie ihre Mutter geliebt hatte, ihre Tante hatte sie nur gefürchtet.

… durch einen Auffahrunfall kurz vor der Abfahrt Bahnhofstraße staut es sich auf der Dürener Straße fast bis Niederau. Nerven behalten und weiter 'Eifel live' hören. Jetzt wieder super live mit 'Helga hilft'. Wir stellen jetzt durch zu unserer Helga. Wen haben wir in der Leitung? … Die Sabrina. Schön, dass du da bist, Sabrina. Wir stellen dich jetzt durch zu unserer Helga …

„Hallo Sabrina, was kann ich für dich tun?", flötet Ruth ins Mikrofon ihres Headsets. Und nach einer Weile schiebt sie hinterher: „Ja, das kann weh tun, wenn die Mutter nicht hinter einem steht." Dabei ist sie sehr um professionelle Distanz bemüht.
„Aber du bist genau so richtig, wie du bist! … Nein, du musst dich nicht ändern. Sei einfach nur du selbst, vielleicht lernt deine Mutter das ja auch noch."

Die Musik setzt ein, zunächst das Jingle gefolgt von 'Mother's little Helper' von den
Rolling Stones. Das kann nur Zufall sein. So
spontan kann Peter in der Technik nicht re-
agiert haben, oder doch? Schnell nutzt sie
die Pause, um ihre Haare zu einem kleinen
Zopf zusammenzufassen. Als Rauf-Schutz sozusagen. Sie nippt an ihrem Kaffee und setzt
das Headset wieder auf.

*… hier seid ihr richtig. Bei 'Helga hilf'.
Und wenn ihr euch jetzt fragt, ob unser Peter
so schnell ist, oder die Liedwahl Zufall gewesen ist … unser Peter ist so schnell und
spontan. Da unser Hörer Konstantin jetzt mit
unserer Helga auch über 'Mama' sprechen möchte, haben wir den nächsten Song schon ange-
passt. Ihr hört dann nämlich 'Mama' von den
'Genesis'. Aber jetzt zunächst einmal zu unserem Hörer Konstantin und natürlich zu …
unserer Helga!*

„Hier ist Helga. Wie kann ich denn dir helfen, lieber Konstantin?"

Konstantin druckst ein bisschen herum. Dann
erzählt er, dass er seine Mutter sehr geliebt
habe, diese aber leider sehr früh gestorben
sei. Er habe aus Gründen, die er jetzt nicht
erörtern wolle, während ihrer letzten Lebens-
phase nicht bei ihr sein können. Aber eine
Frau habe sich sehr um seine Mutter gekümmert. Dieser Frau sei er nicht nur deswegen
zu ewigem Dank verpflichtet. Er würde alles
für sie tun, nahezu alles. Aber jetzt sei ein
kritischer Punkt gekommen …

„Hör' auf dein Bauchgefühl", rät Helga/Ruth.

Und während gerade 'Mama' läuft, erhält sie

eine Text-Nachricht von Harald Keller.

Hörst du auch gerade 'Eifel live'?

Nein, wieso?

Ich glaube, da hat sich gerade Kurt Diebel gemeldet, bei dieser 'Helga', und über die Hutmacher gesprochen.

Lass' uns später telefonieren. Ich muss gerade einen ziemlich komplizierten Fragebogen ausfüllen.

So bleibt sie auch jetzt ihrer Devise treu: so nahe, wie eben möglich, bei der Wahrheit zu bleiben. Ja, Harald hat Recht. Das kann durchaus dieser Kurt Diebel gewesen sein. Es ist typisch, dass ihre Anrufer sich einen neuen Vornamen zulegen, der mit dem gleichen Buchstaben beginnt, wie ihr richtiger Name.

49.

Was hat ihn bloß veranlasst, bei dieser Helga anzurufen? Weil Helga sich ein bisschen wie Hella anhört und seine Mutter Helene immer Hella genannt wurde?

Ihre Beziehung hat sich verändert. Er hat ihr nicht erzählt, dass er diesen Wesseling zusammengeschlagen hat. Zuerst nicht, weil er sie nicht beunruhigen wollte. Und später aus Feigheit nicht. Sie ahnt, dass er etwas vor ihr verheimlicht. Vielleicht will sie ihn deswegen testen? Vielleicht soll er gar nicht in die Schweiz fahren? Und wenn doch, muss das nichts Schlimmes sein. Vielleicht soll er nur ein Geschenk abgeben? Er hat sich einfach

ins Auto gesetzt und ist losgefahren. Das
Grab seiner Mutter in Bingen hat er besuchen
wollen und dann doch kurz hinter Düren ange-
halten und bei 'Helga' angerufen. Vielleicht
ist deren Rat gar nicht so schlecht. Auf sein
Bauchgefühl hören. Das hätte er damals tun
sollen. Sein Bauchgefühl hatte ihm sehr deut-
lich vom Einbruch in der Apotheke abgeraten.
Und was sein K.O. für Wesseling betrifft, so
rät sein Bauchgefühl im ganz dringend ab, Dr.
Hutmacher davon zu berichten. Tief durchatmen! Heute hat er seinen freien Nachmittag.
Er wird sich an der Tankstelle auf der Eus-
kirchener Straße zwei oder drei Dosen Bier
kaufen und sich damit später in den Kreuzauer
Wald setzen. Auch für ihn ist Kreuzau längst
zur Heimat geworden.

50.

Er würde ihr nie wieder weh tun, dafür wird
sie sorgen. Aber auch ihr vermeintlicher
Freund hat sie hintergangen. Von dem alten
Fettsack ganz zu schweigen. Sie würden zahlen
für ihren Verrat. Alle. Jeder auf seine Art
und Weise.

51.

Das ist gefühlt die 30. Zigarette heute. Und
ihr ist ein bisschen schummrig zumute. Was
auch daran liegt, dass sie morgen noch die
Beerdigung überstehen muss. Direkte Verwandte
hat Klaus keine mehr gehabt. Seiner Ex-Frau
in Berlin hat sie einen Brief geschrieben.
Eben hat sie angerufen, sich für die Nachricht bedankt und ihr Bedauern dahingehend

geäußert, nicht am Begräbnis teilnehmen zu können. Zeitgleich ist dieser Wesseling bei ihr gewesen und hat wieder nach einem PC gefragt und erneut seine Hilfe angeboten. An der rechten Schläfe hat er ein Hämatom gehabt. Darüber sollte sie Ruth und Keller in Kenntnis setzen.

52.

Fernab von Kreuzau – am schönen Genfer See – laufen die Hochzeitsvorbereitungen auf vollen Touren. Carina de Fabio ist nicht wirklich darauf erpicht, ihre zukünftige Stieftochter kennenzulernen, was sie ihrem Ehemann in spe mit Kulleraugen und Schmollmündchen kundtut:
„Musstest du denn wirkliche Gesine zu unserer Hochzeit einladen?"
„Sie heißt nicht Gesine. So hieß ihre Mutter. Meine Tochter heißt Sabine."
„Gesine? Sabine? Das ist doch egal. Da bin ich nicht an Details interessiert."
„Zerbrich' dir darüber nicht dein hübsches Köpfchen. Sie wird nicht kommen. Auch wenn sie nicht abgesagt hat. Sie wird nicht kommen, meine Tochter."

Schmollmündchen küsst ihn auf die Wange. Sie versucht mit einem Augenaufschlag sowas wie Demut zu demonstrieren. Aber sie kann nur kokett.

53.

„Wie geht es dir?"
„Ziemlich beschissen … richtig beschissen."
„Ich bin in ner halben Stunde bei dir … mit

einer Flasche Merlot."
„Danke!"

Jetzt sitzt Harald auf dem hochflorigen Tep-
pich vor Ruths rotem Sofa und schenkt ihr ein
zweites Glas Merlot ein. Ruth selbst liegt
auf dem Sofa. Wimperntusche und Kajal sind
durch den vorangegangenen Tränenausbruch verschmiert und erinnern an Alice Cooper. Ab und
zu lässt noch ein Schluchzen ihren Körper er-
beben.

„Ich war mal in den verliebt. Aber damals war
er ein richtiger Angeber. Jetzt war er einfach nur angenehm und hätte ein guter Freund
werden können. Aber da wird jetzt nichts mehr
draus. Er ist tot."

Ruth wischt mit einem Taschentuch Augen und
Nase entlang, bevor die weiter spricht: „Und
mir tut auch Marion so leid. Wie muss es der
erst zumute sein? Da schäme ich direkt, hier
so rumzuheulen."

Harald reicht ihr die Schale mit den Käse-
Crackern und lächelt sie aufmunternd an. Ruth
greift zu. Und noch während sie kaut, fährt
sie mit ihren Ausführungen fort: „Mit mir
stimmt was nicht. Sag' jetzt bitte nichts.
Ich meine das ernst. Hab mich zu einer Ge-
sprächstherapie angemeldet und heule allerdings schon über dem Anamnesebogen Rotz und
Wasser."

54.

Marion Laprell wirkt ein bisschen verloren,
wie sie da, ganz in schwarz gekleidet, an dem
kleinen Aushub steht, in dem gleich die Urne

verschwinden soll. Schmerzhaft wird ihr klar, wie wenig sie eigentlich von Klaus weiß … und dass sie das jetzt auch nicht mehr ändern kann. Die einzige Person, die wohl außer ihr den „privaten" Klaus gekannt hat, scheint Ruth Pitscher zu sein. Pfarrer Doncks spricht ein paar nette Worte, obwohl er Klaus kaum gekannt hat. Aber er kennt Marion und weiß, dass sie es nicht immer leicht gehabt und Klaus Steffens ihr irgendwie gut getan hat. Der Friedhof in Steillage ist für so manchen Schuh der sehr elegant gekleideten Pharma-Bediensteten eine echte Herausforderung.

Ruth hat sich am späten Abend noch einmal auf der Homepage der Bremer AG umgesehen, um die wichtigsten Protagonisten des Konzerns bei der Beerdigung zuordnen zu können. Wie zu erwarten gewesen ist, sind „hohe Tiere" der Bremer AG, aber auch der Atlantis AG zugegen. Dieser dunkel gelockte Herr mittleren Alters muss Dr. Schmidtheim von Atlantis sein. Interessant, wie Wesseling versucht, dessen bohrendem Blick auszuweichen. Der blasse Prof. Martens scheint seine Ehefrau mitgebracht zu haben. Und er versucht ständig, den verachtenden Blicken Sabine Hutmachers zu entkommen. Die wiederum wirkt Wesseling gegenüber ziemlich abweisend. Mit dem extrem schwierigen Verhältnis der beiden zueinander durfte sich Ruth ja bereits vor wenigen Tagen auf dem Rewe-Parkplatz auseinandersetzen.

Eine schwarz gewandete Blondine zieht gerade leise fluchend ihren rechten Pump aus dem morastigen Boden des Steilhangs und versucht, ihn mit einem Papiertaschentuch notdürftig zu säubern. Den schuhfreien Fuß hat sie dabei gegen das Knie des anderen Beines gestämmt und wirkt so wie ein Storch.

„Ich frage mich, ob hier außer Marion noch
jemand ernsthaft um Klaus trauert?", stößt
Ruth Harald sanft mit dem Ellbogen in die
Rippen.
„Du!", kommt prompt die Antwort.
„Ja. Schade, dass er so früh gehen musste."

Die eigentliche Zeremonie ist jetzt beendet.
Die Trauergäste werfen jetzt noch Blumen und
Blütenblätter ins offene Grab.

„Guck mal", zeigt Harald auf Marion. „Die ar-
me Frau Laprell zwischen all den Hyänen und
Haien."
„Ich geh' mal zu ihr."

Die Blondine mit dem steckengebliebenen Schuh
wirft eine weiße Rose ins Grab und verlässt
auf schnellstem Wege den Friedhof. Ob ihr
bewusst ist, dass diese Blume einst namens-
gebend für die Widerstandsbewegung um die Ge-
schwister Scholl war, fragt sich Ruth. Und
während sie der Blondine nachsieht, schnappt
sie einen Gesprächsfetzen von Hutmacher und
Wesseling auf.

„Morgen! Wir sehen uns morgen. Okay? Ich geb'
dir noch wegen des Treffpunkt und der Uhrzeit
Bescheid."

Ruth tut so, als müsse jetzt sie einen Schuh
aus dem aufgeweichten Boden ziehen und sucht
im Rucksack nach einem Tempotaschentuch.

„Keine Lügen mehr!"
„Nein, keine Lügen mehr!"

Hingebungsvoll wischt Ruth über den Absatz
ihrer schwarzen Stiefelette. Dann ist sie
auch schon bei Marion.

„Du warst sehr tapfer und gleich hast du es geschafft", flüstert sie der ins Ohr.
„Schön, dass du da bist", umarmt Marion Ruth. „Endlich mal ein ehrliches Gesicht zwischen all den Geiern und Hyänen."
„Etwas Ähnliches hat Harald Keller eben auch gesagt."

55.

In den frühen Morgenstunden hat er sich auf den Weg gemacht. Zum ersten Mal gehalten hat er auf einem Feldweg in der Nähe von Erftstadt. Hat eine Zigarette geraucht und überlegt, ob er umkehren oder ganz woanders hinfahren soll. Zum zweiten Mal hat er an der Raststätte Brohltal West gehalten. Hat auch hier eine Zigarette geraucht, das Paket hochgehoben und überlegt, es zu öffnen. Ein Fotoalbum ist darin und edle belgische Pralinen.

„Für meinen Vater", sagte sie, als sie ihm das Paket gegen Mitternacht in sein Zimmer brachte und den Inhalt benannte.

„Bitte gib' es nur ihm persönlich."
„Haben Sie keine Angst, dass sich die Gäste über die Pralinen hermachen?"

„Nein", sagte sie. „Mein Vater wird die Pralinen beiseite legen. Seine geliebten belgischen Pralinen teilt er mit niemandem, höchstens mit seiner Frau."

Seitdem weiß er, dass die Pralinen vergiftet sind. Zumindest einige von ihnen. Sie vertraut ihm nicht mehr. Wenn er die Pralinen verschwinden lässt, wird sie es in den nächsten Tagen bemerken. Wenn niemand sie über den

Tod ihres Vaters oder dessen Ehefrau informiert. Und dann? Er wird die Pralinen übergeben, so wie mit ihr besprochen.

Den nächsten Halt legt er an der Autobahn-
Raststätte Aussichtspunkt Moseltal-West ein.
Wieder eine Zigarette, die wunderbare Aussicht kann er nicht genießen. Er macht sich
nicht nur zum Mitwisser, er macht sich zum
Mörder. Das kann er drehen und wenden, wie er
will. Die Bilder aus dem Fotoalbum nimmt er
heraus. Die Spuren sollen nicht zu ihr führen. Ein Foto zeigt sie mit mit Zöpfen auf
dem Schoß ihrer Mutter. Ein anderes zeigt sie
mit ihren Eltern auf einem Empfang, da ist
ihre Mutter schon von der Krankheit gezeichnet. Er zerreißt ein Foto nach dem anderen in
viele kleine Teile, die wiederum steckt er in
einen Papierkorb. Das leere Album steckt er
in einen anderen. Jetzt, wo er die Lösung
gefunden hat, kann er auch den Ausblick genießen … bei einer Zigarette. Dann öffnet er
die Pralinenschachtel und isst eine Praline
nach der anderen.

56.

Elvira Klein hat ganz rote Wangen. Dies ist
nicht nur der Radtour entlang der Rur geschuldet. So anstrengend ist die Strecke von
Kreuzau bis Obermaubach nun wirklich nicht
gewesen. Lediglich das Stück entlang des Ver-
einsheimes der Eschweiler Kanuten stellt eine
Herausforderung dar, die sie geschickt durch
Schieben ihres Rades gemeistert hat. Ihr Begleiter hat aus Gründen der Sympathie mit ge-
schoben, obwohl er als geübter Mountain-Biker
so eine Steigung mit links nimmt. Hape kann
sehr charmant sein und hat wohl wirklich Ge-

fallen an ihr gefunden. Das ist für sie neu. Nicht, dass sich ein Mann für sie interessiert, sondern vielmehr, dass sich ein Mann – den sie selbst toll findet – für sie interessiert. Das ist eine ganz neue Erfahrung. Ganz kurz muss sie an ihre unglückliche Liebe zu Olaf Thoma denken, der jetzt mit der Frau seines Bruders liiert und glücklich ist.

„Nee, watt bess dO vür e staats Fromeensch", strahlt Hape sie an, während er beide Fahrräder an einem Laternenmast festbindet.

Elvira Klein errötet noch ein bisschen mehr: „Ach, Hape!"

Das rotblonde Haar hat sie zu einem lockeren Zopf zusammengebunden. Der hellorange Overall bringt ihre Rundungen perfekt zur Geltung und lässt ihre helle Haut mit den vielen Sommersprossen einfach nur schön aussehen. Darüber trägt sie eine ärmellose Steppweste in braun. Die Kleiderfrage hat sie heute stundenlang beschäftigt und während der Arbeit zu Konzentrationsmangel geführt.

„Soll ich versuchen, Hochdeutsch zu kallen?", will Hape wissen.

„Bitte bloß nicht! Ich liebe Platt. Meine verstorbene Oma hat nur Platt gesprochen. Ich verstehe alles. Als Kind hab ich ein bisschen Platt 'jekallt'. Aber in der Schule mussten wir Hochdeutsch sprechen. Und später während der Ausbildung auch. Und jetzt komm' ich mir komisch vor, wenn ich Platt 'versöke'. Aber vielleicht werde ich bei dir ab und zu eine Ausnahme machen."
„Datt däht misch fröje!"

Die beiden finden noch einen freien Tisch auf
der überdachten Außen-Terrasse.

„Frau Klein?", fragt die Mittsiebzigerin mit
kinnlangen Wellen in Lila-Silber am Neben-
tisch, die gerade ein großzügiges Trinkgeld
auf den Teller vor sich legt, die Quittung
einsteckt und und sich von ihrem Begleiter
einen Schal über die Schulter legen lässt.

„Ja", lacht Elvira. „Einen guten Abend, Frau
von Bernau."
„Hallo, Frau Klein", sagt der Begleiter, der
sich als Walther von Bernau vorstellt.

Elvira, leicht errötend, macht Hape mit den
von Bernaus bekannt.

„Ich wünsche einen angenehmen Abend", sagt
von Bernau im Weggehen und kommt noch einmal
zurück. „Die Forelle kann ich Ihnen wärmstens
empfehlen. Vorzüglich."

„Datt do die Hüüdere kenns, Elvira, hött ich
net jedaht", so Hape erstaunt, nachdem das
Ehepaar den Außenbereich verlassen hat. „Die
Frau jehürt doch zo demm Schiller-Clan."
„Dass du dich bei der 'Haute Volaute' so gut
auskennst, hätte ich wiederum nicht gedacht",
lacht Elvira.

„Datt es wäge mengem Job. Ävve verzähl ens,
watt du met derre von Bernaus zo dohn häss."
„Die sind echt nett. Überhaupt nicht hoch-
näsig. Edda von Bernau ist Kundin bei uns.
Und irgendwann hat sie mich gefragt, ob ich
mal bei einem größeren Familienfest aushelfen
möchte. Das Buffet auffüllen und die Geträn-
ke anbieten. Hab' ich dann gemacht. Großzügi-
ge Bezahlung und angenehme Arbeit. Mach' ich

seitdem immer mal wieder. Das Geld leg' ich
mir weg. Für eine Reise … irgendwann."

Hape strahlt nur noch. Sie begeistert in von
Minute zu Minute mehr.

57.

Bewusst langsam lenkt sie den Jaguar durch
die Hauptstraße und die Alte Gasse. Sie fühlt
sich leicht unbehaglich und möchte auf keinen
Fall mit dem Luxusauto Aufsehen erregen. Aber
Kurt Diebel ist mit dem Golf unterwegs. Natürlich ist sie mit dem Jaguar zum Begräbnis
in Heimbach vorgefahren. Die interessanteste
Person dort ist Steffens' Lebensgefährtin
gewesen. Diese Marion Laprell hat etwas. Sie
passt so gar nicht in diese piefige Eifel-
welt, aber auch nicht in diese abgebrühte
Pharma-Welt. Hätten sich manche Dinge anders
entwickelt, hätte sie sich vorstellen können,
sich mit dieser Frau anzufreunden. Hätte!
Hätte! Fahrradkette. Egal. Daran war jetzt
nichts mehr zu ändern. Was sie amüsiert und
damit den ganzen Zirkus erträglich gemacht
hat, ist Sebastian gewesen. Der hat sich doch
tatsächlich seine fade Ehefrau als Verstär-
kung mitgebracht … und dann während der kompletten Zeremonie auf heißen Kohlen gesessen.
Glühend heißen Kohlen! Köstlich.

Den Reitersweg mag sie nicht hochfahren. Viel
zu auffällig in diesem Auto. Also fährt sie
zum Bildstöckchen hoch. Hält kurz und zündet
eine Kerze für ihre Mutter und Oma Anna an.
Und dann trifft sie eine Entscheidung.

58.

Wie das Verhältnis zu ihrem Vater gewesen
war? Bei einer Tasse Minztee arbeitet Ruth
den Fragebogen ab. Es ist 21 Uhr am Frei-
tagabend. Und sie liebäugelt mit der ver-
schlossenen 'halben Flasche' Merlot auf dem
antiken Buffetschrank, der gerade durch die
umrahmenden Chromregale gut zur Geltung
kommt. Zwischen Freitag, 21 Uhr, und Montag,
10 Uhr, liegen gerade mal mal 61 Stunden. Und
diese Zeit will sie nutzen, um den Anamnesebogen ihres zukünftigen Therapeuten komplett
auszufüllen. Dazu braucht sie einen klaren
Kopf. Also bitte keine Vernebelungstaktik
mittels Rotwein! Und jetzt auch nicht auf die
Nachricht von 'Skywalker' antworten, der sich
ganz dringend ein Treffen mit ihr wünscht.

Sie vermisst ihren Vater, der in Gürzenich
wegen seines hageren Erscheinungsbildes bei
einer beachtlichen Größe von 1,90 Meter nur
'Pitschers Schlacks' genannt worden war. Er
war sehr gutmütig gewesen und sehr liebevoll
im Umgang mit ihrer Mutter. Unstimmigkeiten
zwischen den beiden hatte es immer nur als
Reaktion auf Tante Hermines Besuche gegeben.
Wenn ihre Mutter anfing, wie eine Wahnsinnige
zu Putzen, Schrubben, Scheuern, Bügeln und
die Kinder zu maßregeln. Dann hatte ihr Vater
geschrien, mit der Faust auf den Tisch gehaut
und war anschließend in der Kneipe verschwunden, von wo aus er weit nach Mitternacht nach
Hause geschickt wurde. Dann hatte er sich ins
Wohnzimmer gesetzt und leise geweint. Oft war
sie versucht gewesen, aufzustehen und den Vater zu trösten. Aber sie glaubte zu wissen,
dass ihr Vater dies nicht gewollt hätte. War
das wirklich so? Hätte sie doch aufstehen und
ihrem Vater gut zusprechen sollen? War es

vielleicht eher ihrer Feigheit als ihrer vermeintlichen Intuition geschuldet, dass sie es
nicht getan hatte? Wie gerne würde sie jetzt
bei dem leise weinenden Vater im Wohnzimmer
sitzen, ihn in den Arm nehmen und sagen, wie
lieb sie ihn hat. Das elterliche Wohnzimmer
kann sie vor sich sehen. Die Möbel aus Eiche,
aber nicht klobig. Das Sofa und die zwei Sessel mit orangefarbenem Cordbezug. Ein Ölge-
mälde an der Wand, das an van Goghs Sonnen-
blumen erinnert. Ihr Vater war jetzt schon 15
Jahre tot. Er war ihrer Mutter nach nur einem
Jahr gefolgt.

Und plötzlich muss sie an Sabine Hutmacher
denken. An das, was sie sich aus Klatschspalten angeeignet hat und was ihr die Rollator-
Gang mehr als bereitwillig erzählt hat. Als
Kind abgeschoben, kurz nach dem Tod der Mutter, vom Vater und dessen neuer Frau. Was
macht so etwas mit einem Kind und dessen Entwicklung? Geht die Hutmacher mittlerweile
wirklich über Leichen, wie Marion vermutet?
Und wie soll sie in diesem Kontext den Anruf
Kurt Diebels bei 'Helga hilft' beurteilen?
Sie würde sich gerne mit jemandem unterhalten, der Sabine Hutmacher von Kindesbeinen an
kennt. Aber wer kann das sein? Und warum sollte diese Person sich auf ein Gespräch mit
ihr einlassen?

59.

Das Klingeln ihres Smartphones reißt sie aus
dem Schlaf. Sie braucht eine Weile, um sich
zu orientieren. Das Bild an der Wand, das Oma
Anna, ihre Mutter und sie beim unbeschwerten
Picknick an der Rur bei Üdingen zeigt, verrät
ihr, dass sie sich in ihrem Haus in Kreuzau

befindet. Vermutlich wird es Kurt sein. Aber warum ruft der mit unterdrückter Nummer an?

„Habe ich dich geweckt, mein Kind?", vernimmt sie die die Stimme ihres ziemlich angetrunkenen Vaters.

„Ja!"
„So schade, dass du nicht mit uns gefeiert hast. Es haben viele Gäste nach dir gefragt. Du bist ja eine richtige Berühmtheit … hab' ich mir sagen lassen."

Von daher weht also der Wind. In Fachzeitschriften wird sie als Koryphäe gehandelt und ungewollt taucht auch immer mal wieder in den Spalten der Yellow-Press auf.

„Hast du mein Geschenk bekommen?"
„Nein. Wir hätten uns sehr darüber gefreut."
„Es sollte dir persönlich übergeben werden."
„Nein. Wir haben nichts von dir bekommen. Was ist es denn? Worauf dürfen wir uns freuen?"
„Nicht der Rede wert. Und jetzt muss ich weiterschlafen!"

Was ist da nur schief gelaufen?

60.

Am liebsten würde er sich selbst ohrfeigen. Wieder liegt er auf der Lauer. Auf der kleinen Erhebung der seit Jahren umzäunten ehemaligen Sandgrube hat er eine direkte Sicht auf das Haus. Aber nur, da er er ein Nachtsichtgerät mit starkem Teleobjektiv benutzt. Wann genau war eigentlich sein Leben so dermaßen aus dem Ruder gelaufen? Natürlich weiß er ganz genau, wann das passiert ist. Am 25.

Februar 2019, also gerade mal gut ein halbes
Jahr her. An diesem Montag im Februar, kurz
vor Karneval, sah er sie in der Kantine. Und
dieser Moment sollte sein bisheriges Leben
total auf den Kopf stellen. Ab da war alles
anders anders geworden.

Aber vielleicht stimmt es ja doch … und sie
will sich jetzt wirklich offiziell zu ihm bekennen? Gerne möchte er die morgige Verabredung mit ihr in Kreuzau als positives Zeichen
deuten. Ja, vermutlich will sie ihn endlich
in ihr Leben hereinlassen. Schließlich hat
sie sich mit ihm in der Nähe dieses Diebel-
Hauses verabredet. Wo ist Diebel eigentlich?
Warum ist sie alleine in dem Haus?

Wahrscheinlich gibt es für diesen Giebel und
dessen Existenz in ihrem Leben eine harmlose
Erklärung. Er kann nicht ihr Liebhaber sein.
Ausgeschlossen! Völlig unmöglich! Er ist weder attraktiv, noch wirkt er gebildet oder
vermögend. Thorsten Wesseling zieht sich die
Kapuze seines Anoraks über die Rollmütze.
Septembernächte können schon ganz schön kalt
werden. Auch seine Finger, mit denen er das
Nachtsichtgerät festhält, sind kalt. Hätte er
doch nur Handschuhe eingesteckt. Über die
nächtlichen Temperaturen hat er sich im Vor-
feld dieser Aktion keine Gedanken gemacht.
Eigentlich kreisen seine Gedanken nur noch um
sie. Und zwischendurch blitzen immer wieder
seine Gewissensbisse auf. Wegen Klaus. Wie
konnte er sich nur dazu verleiten lassen? Der
unendlich traurige Blick seines väterlichen
Freundes, in diesem Hotel in Bitburg. Aber
hatte Klaus wirklich die Moral-Keule auspak-
ken müssen? Wäre Klaus' Reaktion eine andere
gewesen, hätte er selbst dann anders gehandelt? Wohl eher unwahrscheinlich. Oder? Als

er der Wand mit den Picasso-Drucken aus der Blauen Periode entlang Richtung Gartenanlage ging, drehte er sich noch einmal kurz um. Klaus stand da mit hängenden Armen, die Wut war verraucht und in seinem Augenwinkel blitzte eine Träne. Schnell hatte er wieder weggesehen und war in die Gartenanlage gelaufen. Diese eine Träne geisterte seitdem durch seine Träume, wenn er denn überhaupt schlafen konnte.

Vom Garten aus hatte er sie angerufen, ziemlich aufgewühlt, und hatte sich von ihr wieder einnorden lassen. Und jetzt liegt sie in ihrem Bett in einem Haus, von dessen Existenz er nichts wissen darf, und er liegt im Laub mit einem Nachtsichtgerät.

61.

Von der Raststätte aus hat er sich, der Mosel entlang, nach Kobern-Gondorf durchgeschlagen. Noch an der Raststätte kaufte er sich eine Flasche Wasser, eine Flasche Cola und eine Tüte Salzbrezeln und ist erst einmal fünf Minuten gelaufen, um von den Menschenanhäufungen wegzukommen. Dann hat er sich den Finger in den Hals gesteckt und hat sich übergeben. Mehrfach. Finger in den Hals, kotzen, Schluck Wasser … und wieder von vorne. Solange bis er nur noch Galle gespuckt hat. Dann hat er sich und seinem Magen einige Minuten Ruhe gegönnt, bevor er immer wieder eine Brezel und einen Schluck Cola zu sich genommen hat. Mittels Internet hat er eine kleine airbnb-Wohnung in Gondorf gefunden und sich telefonisch als Konstantin Dreyer angemeldet und im Anschluss den Chip aus dem Smartphone

genommen und vernichtet und das Gehäuse in
die Mosel geworfen. In einem kleinen An- Und
Verkauf in Gondorf hat er sich ein gebrauch-
tes Smartphone zugelegt. Auf diesem richtet
er sich jetzt eine Identität als Konstantin
Meyer ein, während das Radio in der kleinen
Wohnung „Brown Sugar" von den Stones dudelt.
Er hat sich eine Flasche Bier aufgemacht und
die Füße auf den Couchtisch gelegt. Für ihn
gibt es jetzt kein Zurück mehr, aber er muss
die anderen warnen.

62.

„Hab' ich dich geweckt?"
„Ja."
„Das tut mir leid."

„Wirklich?", lacht Harald in den
Telefonhörer.
„Ja, wirklich", zeigt sich Ruth zerknirscht.
„Ich hab' total die Zeit vergessen."

„Das ist nicht schlimm. Schlimm wird es nur,
wenn du mir nicht auf der Stelle den Grund
deines Anrufes nennst."
„Weißt du?", nippt Ruth an ihrem
Pfefferminztee und sieht dabei auf ihre
Wanduhr.

„Was genau?", lacht Harald erneut.
„Ist wirklich schon sehr spät oder sehr früh.
Tut mir echt leid. Wirklich, Harald! Aber ich
halte die Hutmacher für psychisch schwer gestört. Ich sitze im Glashaus, und darf deswegen auch mit Steinen werfen."

Harald lacht wieder. Er ist ausgesprochen gut
gelaunt.

„Dann wirf mal", fordert er Ruth auf.

„Ich hab' mir mal Notizen gemacht, von allem, was ich mir in den Klatschspalten angelesen und anderswo aufgeschnappt habe. Sehr ergiebig waren natürlich die 'Informationen' der Rollator-Gang. Die Hutmacher muss ihren Vater hassen, und vermutlich überträgt sie den Hass nun auf andere Männer."

„Du meinst auf Klaus?"

„Ich weiß es nicht, ich weiß auch nicht, wie ich ihr Verhältnis zu diesem Wesseling einordnen soll. Oder zu diesem Kurt Diebel. Von ihr geht eine Gefahr aus. Sie kommt mir vor, wie eine tickende Zeitbombe. Ich habe nichts über eine längere Beziehung finden können. Es gibt da diese Verwandte in Nideggen. Mit der würde ich mich zu gerne einmal unterhalten. Aber wie soll ich an die 'rankommen?"

„Diese Frage werde ich mit in meinen Schlaf nehmen. Vielleicht habe ich im Traum eine gute Idee. Du solltest jetzt versuchen, ein kleines bisschen Schlaf zu bekommen. Gute Nacht, meine Liebe."

63.

Zuletzt hat er ihr von seiner Familie erzählt. Von seiner starken Mutter und seinem stinkfaulen Vater. Von seinem kleinen Bruder Mike, der schon so früh an Krebs gestorben ist. Auf einmal hat sie sich ihm sehr nahe gefühlt. Er ist nicht wie ihr Vater, oder Sebastian. Und sie bewundert, mit welcher Disziplin er sich seinen Platz im Leben erkämpft hat. Schluss! Wenn sie jetzt sentimental wird, dann kommt sie nie weiter. Aber das Treffen mit ihm will sie auf Sonntag verlegen. Sie muss ein paar Dinge für sich sortie-

ren und sie muss wissen, was mit Diebel ist.
Wie auf Kommando springt ihr AB an:

*Das ist der automatische Anrufbeantworter von
Kurt Diebel. Ich bin zur Zeit leider nicht
erreichbar. Wenn Sie mir aber nach dem Pfeif-
ton Ihren Namen und Ihre Rufnummer hinter-
lassen, rufe ich sobald wie möglich zurück.*

„Hallo, Herr Diebel", hört sie eine Stimme.
„Hier ist die Polizeistation in Kreuzau, mein
Name ist Gisela Meyer. Bitte melden Sie sich
bei uns. Ihr Wagen wurde an der Autobahnraststätte Moseltalblick-West gefunden!"

Der Golf irgendwo an der Mosel? Und Kurt verschwunden? Was hat das zu bedeuten?

„Guten Morgen, Mama. Guten Morgen, Oma Anna",
wirft sie dem Familienfoto an der Wand einen
Kuss zu und schwingt sich energiegeladen aus
dem Bett.

64.

Das ist jetzt schon das zweite Frühstück bei
Büschel während dieser Woche. Eigentlich genießt er lieber sein morgendliches Kaffee-
ritual zuhause. Sechsmal pro Woche … und einmal außerhalb, entweder bei Büschel oder an
Markttagen irgendwo in der Nähe des Dürener
Wochenmarktes. Das ist sein Rhythmus. Natürlich freut es ihn, von Hape zum Frühstück
eingeladen worden zu sein. Denn das heißt
dann vermutlich auch, dass dessen Verabredung
mit Elvira Klein ein wirklicher Erfolg gewesen ist. Und während er seinen Fahrradhelm
abnimmt und sein gut gepflegtes dunkelblaues
Herrenrad am Fahrradständer ankettet, sieht

er schon den strahlenden Hape und die ebenso strahlende und dabei leicht errötete Elvira Klein.

„Hallo, Herr Keller", begrüßt ihn die nette Bäckereifachverkäuferin, mit einem weißen Arbeitskittel bekleidet, an dem das Schildchen 'Freundlich bedient Sie Frau Klein' auf Brusthöhe befestigt ist. Auch ohne diesen Hinweis hätte wohl niemand jemals diese reizende Frau unfreundlich erlebt.

„Hape hat schon für Sie mitbestellt", lächelt sie jetzt und errötet noch ein kleines bisschen mehr.

Hape winkt ihm schon zu und rutscht unruhig auf seinem Stuhl hin und her.

„Chef, komm flöck … denge Kaffe witt kaalt."
„Guten Morgen, Hape. Du hast aber eine gute Laune."
„Datt litt an dämm Fromensch …", wirft Hape Elvira eine Kusshand zu.

„Ich darf daraus schließen, dass du jetzt mit Elvira Klein liiert bist. Wie nennt man so etwas heute? Es gibt da bestimmt einen passenderen Begriff."
„Do halve Jeck, liiert hürt sich joot aan", sagt Hape. „Joo, jenau datt semmer!"

Ein kleines bisschen schmerzt es Harald, dem jungen Glück zuzusehen. Wehmütig erinnert er sich an die ersten Treffen mit Marita … an die ersten zaghaften Küsse. Er schneidet ein Körnerbrötchen auf und bestreicht beide Hälften mit Butter. Eine davon belegt er mit gekochtem Schinken, legt zwei Gurkenscheiben darauf und beißt genussvoll hinein. Hape informiert ihn, dass der schwarze Golf von Kurt Diebel an einer Autobahnraststätte gefunden worden sei und man darum schon auf Diebels AB gesprochen habe. Irgendwas ist da faul. Und Harald fallen Ruths Bedenken wegen Dr. Sabine M. Hutmacher ein.

„Hape, kennst du vielleicht jemanden, der jemanden kennt, der diese von Bernaus in Nideggen kennt? Ist eine blöde Frage, ich weiß! Aber ich habe Frau Pitscher versprochen, mich diesbezüglich umzuhören."

„Jo, kenn isch!"
„Wie jetzt?!"
„Häste et op de Uhre?"

Hape bittet Elvira an den Tisch, die dieser Aufforderung nur zu gerne nachkommt. Natürlich darf Hape nicht über den aktuellen Fall sprechen. Aber der Fall ist ja, van Damm sei Dank, gar kein wirklicher Fall. Und das Ermittlerduo Pitscher und Keller ist sowieso nicht an Auflagen gebunden. So weiht Keller sie in einen Großteil der Geschichte ein. Und Elvira bietet sich an, einen Kontakt zwischen Ruth Pitscher und Edda von Bernau herzustellen.

„So lieb von Ihnen, Frau Klein", sagt Harald. „Darf ich Ihnen die Rufnummer von Frau Pitscher geben?"

Elvira Klein zückt ihren Bestellblock und notiert sich die Nummer: „Ich weiß, ich bin sehr altmodisch."

„Das macht Sie mir noch sympathischer."

65.

Unweit der Bäckerei Büschel steht ein schwarzer Jeep Wrangler Unlimited Sahara. Darin sitzt Thorsten Wesseling, hundemüde und sehr hungrig. Trotzdem hält ihn etwas davon ab, in die Backstube zu gehen. Diese beiden Männer am Tisch in Nähe des Kuchentresens hat er sofort als diejenigen ausgemacht, die ihn nach seiner unschönen Begegnung mit Diebel in der Nähe des Hauses gefunden haben. Der kleinere der beiden, der immer platt spricht, scheint Polizist zu sein. Und plötzlich dämmert es ihm, wo der den anderen vorher schon mal gesehen hat. Klar, mit dieser älteren Frau im Haus von Klaus. Wahrscheinlich ein Privatdetektiv. Er muss einfach vorsichtiger sein. Ob dieser Detektiv etwas ahnt? Ob er mit Sabine darüber sprechen soll? So wie es aussieht, haben die beiden bereits gefrühstückt und befinden sich im Aufbruch. In Gedanken geht er schon einmal seine Bestellung durch: Kaffee to go in XL, ein Roggenbrötchen mit Camembert, ein Dinkel-Joghurt-Brötchen mit einer Frikadelle und einen Apfelberliner. Dann will er schnell nach Hause fahren, sich ausgiebig duschen und sich fertig machen für das Treffen mit ihr. Da, endlich, die beiden Männer verlassen die Backabteilung … und sein Telefon klingelt.

„Guten Morgen, ich hoffe, du hast so gut geschlafen wie ich."
„Bestimmt!", lügt er und steht sofort unter Anspannung.
„Wir müssen unser Treffen leider auf morgen verschieben."
„Du hast es aber versprochen", klingt er wie ein vernachlässigtes kleines Kind und merkt das auch sofort. Was ihm Tränen der Wut in

die Augen schießen lässt. Er macht sich komplett zum Hampelmann. Das muss aufhören.

„Weswegen denn?", hört er sich fragen.
„Es gibt Ärger mit Kurt Diebel, dem Mann, der für mich arbeitet", sagt sie. „Ich muss das klären. Heute noch. Und ich weiß nicht, wie lange das dauern wird. Wir sehen uns morgen. Dann hab' ich auch Zeit."

Er startet den Wagen.

„Wo bist du?", will sie wissen.
„Auf dem Weg nach Köln, zu meiner Familie."

Und das hat er wirklich vor. Mit Dariusz eine Runde boxen und sich von der Mutter bekochen lassen.

66.

„Das Insulin ist für Sie? 'tschuldigung, war eine blöde Frage", lächelt die Mitarbeiterin der Apotheke die Frau mit der Hochsteckfrisur und der Sonnenbrille an und fährt fort: „Natürlich sind Sie nicht Herr Wesseling."
„Das Insulin ist für meinen Mann", hebt die Dunkelhaarige kurz ihre Sonnenbrille an.

„Entschuldigung", wiederholt sich die Mitarbeiterin und stottert jetzt leicht. „Es ist mir so in Fleisch und Blut übergegangen, Neukunden Handhabung und Wirkung eines Medikamentes zu erklären."

„Alles gut, kein Problem", antwortet die Frau mit der Sonnenbrille. „Mein Mann hat von Kind an Diabetes Mellitus Typ 1. Wir kennen uns also damit aus."

„Natürlich. Darf ich Ihnen noch etwas Trau-
benzucker einpacken. Für die Hypos."
„Sehr gerne. Das ist nett von Ihnen", nimmt
die Dunkelhaarige die Papiertasche in Empfang
und steckt die Dextrose-Plättchen sofort in
ihre Handtasche.

67.

Mit dem neuen Smartphone und der neuen Identität im Internet hat er aber noch immer keinen neuen Pass. Er sollte also innerhalb der
EU bleiben und sich irgendwohin absetzen, wo
sie ihn nicht vermutet. Sie wird wütend sein.
Sehr wütend. Beinahe hätte er sein Leben beendet, um sie nicht zu enttäuschen oder zu
verärgern. Er hätte aber auch nicht mehr so
weitermachen können. Mal einen Typen wie Wesseling k.o. schlagen, ist eine Sache … aber
August Hutmacher und dessen Frau zu vergif-
ten, ist eine ganz andere Hausnummer. Durch
die Stiftung und die Firma hat sie viel mit
den Balkan-Staaten zu tun … auch mit Grie-
chenland. Zu Skandinavien hat sie keinerlei
Verbindung. Zumindest keine, die ihm bekannt
wäre. Halt! Die Bremer AG hat eine kleine
Tochterfirma in Schweden. Aber Dänemark wäre
nicht schlecht. Ein Kumpel aus dem Knast hatte damals von einem Verwandten in Aarhus erzählt, einem Bruder seines Vaters. Zu dem
wollte er, sobald er seine Strafe abgesessen
hatte. Ricky. Ricky Salander. Er würde später
im Internet recherchieren. Salander in Aarhus
würde es vermutlich nicht so viele geben. Für
alle Fälle recherchiert er schon einmal eine
eventuelle Bahnverbindung nach Aarhus. Vermutlich wird er an der deutsch-dänischen
Grenze nicht den Pass zeigen müssen. Selbst

wenn, er wird schließlich nicht gesucht. Aber sie hat viel Kontakte und es wäre gut, wenn sie seinen neuen Aufenthaltsort nicht ermitteln könnte. Da! Prima! Auch sonntags kann er 8.40 Uhr mit der Bahn in Gondorf starten und ist um 19.30 Uhr in Aarhus. Und da ist auch schon die Seite von Ricky Salander. Guitarundervisning. Gitarrenunterricht. Das muss er sein. Aber bevor er in Dänemark untertaucht, will er noch einige Leute warnen. Nicht über die Polizei. Die ist noch nie sein Freund und Helfer gewesen. Da hat er eine andere Idee …

68.

Zu den drei Fotos auf dem Ebenholztisch hat sie ein weiteres gelegt. Jetzt darf sie nicht mehr zaghaft sein. Dann nimmt sie das gerade dazu gelegte Foto wieder weg. Der muss noch ein bisschen warten. Leider ist ihr sein momentaner Aufenthaltsort nicht bekannt. Aber aufgeschoben ist nicht aufgehoben. Und eine Packung enthält vier Fertigspritzen. Kann das Zufall sein? Ihr fällt ein Abzählreim aus Kindertagen ein. „Ene mene meck, und du bist weg", tippt sie mit dem Zeigefinger auf das Foto von Thorsten Wesseling.

„So war es auch geplant", sagt sie leise und fährt fast zärtlich mit dem Zeigefinger über das Bild. „Schade, aber du willst einfach zu viel."

69.

Die Küchenuhr aus weißem Porzellan tickt stetig vor sich hin. Die Mutter lässt Speck aus, um darin die Kartoffeln zu braten. Der Vater sitzt auf der alten Eckbank, trägt Feinripp und kommentiert die Überschriften seiner Bild-Zeitung. Saskia hat die Bluse fast bis zum Bauchnabel aufgeknöpft und sitzt dem Vater gegenüber auf einem Stuhl, der den gleichen roten Kunstlederbezug zeigt, wie die Bank. Und sogar Dariusz hat sich eingefunden. Sitzt auf der Eckbank und feilt sich die Fingernägel.

„Watt für ne huhe Besuch", kommentiert der Vater seine Ankunft.

„Mensch Totti, alter Junge", lässt Dariusz die Nagelfeile fallen und schlägt ihm auf die Schulter.
„Ist das geil oder ist das geil", zeigt er bewundernd auf den schwarzen Jeep, der auf der Straße des Arbeiterviertels sofort ins Auge springt.

Jetzt ist auch Saskias Interesse geweckt.

„Darf ich ne Runde damit drehen?"
„Nein."
„Spielverderber. Hältst dich wohl für etwas Besseres?!"

„Ach, Kinder", sagt Jolantha. „Müsst ihr sofort wieder streiten? Saskia stell mal einen Teller für deinen Bruder dazu."
„Für den? Niemals!"

Thorsten nimmt sich einen Teller aus dem weißen Küchenschrank aus Resopal und umarmt seine Mutter. Es ist so schön, wieder zuhause zu sein.

„Hast du Kummer?", blickt Jolantha ihm in die Augen. „Du siehst müde aus … und traurig." „Nur der Stress", sagt er und drückt seine Mutter noch einmal fest an sich.

Am liebsten würde er für eine Woche bleiben … oder zwei. Seine Wunden lecken und sich von der Mutter bekochen lassen. Manchmal widert ihn dieses Schicki-Micki-Essen richtig an. Nichts geht über Mutters Bratkartoffeln. In ausgelassenem Speck gebraten, dazu derbe polnische Bratwurst und Gurkensalat mit Milch und ganz viel Schnittlauch. Widerwillig rückt Saskia ihren Stuhl zur Seite, sodass er sich neben Dariusz auf die Eckbank setzen kann. Er will schon die Gabel, befüllt mit Bratkartoffeln und einer Gurkenscheibe, in den Mund schieben, da trifft ihn ein tadelnder Blick seiner Schwester. Richtig! Das hatte er ganz vergessen! Wie er es als Kind gelernt hat, faltet er die Hände.

„Alle guten Gaben, alles was wir haben, kommt oh Gott von Dir. Danke Dir dafür", spricht Jolantha Wesseling das Tischgebet und schiebt nach: „Lieber Gott im Himmel, bitte beschütze unseren Mike, der schon bei dir ist und heute ganz besonders unseren Thorsten. Amen."

70.

Ruth Pitscher ist ein bisschen nervös. Sie hat es der netten Elvira Klein zu verdanken, gleich in Nideggen von Edda von Bernau in deren Haus empfangen zu werden. So sehr sie nachdenkt, kann sie sich nicht erinnern, jemals in der Nähe von Menschen aus der Upper-Class gehemmt gewesen zu sein. Aber wie sie jetzt den roten Mini durch den 'Kühlenbusch' lenkt und schließlich das von Bernausche Anwesen erreicht, fühlt sie sich ziemlich fehl am Platz, mit ihrer grauen Cordhose und den roten Doc Martens. Sie spürt Beklemmung, als sie die ersten Treppenstufen nimmt.

„Sie müssen Ruth Pitscher sein", ertönt eine Stimme direkt neben ihr.

Die Frau ist aus dem Garten gekommen, hat eine Heckenschere in der Hand und trägt Gummistiefel in Pink. Das wird doch nicht … ?

„Edda von Bernau", streckt die Frau ihr lachend die Hand entgegen. „Folgen Sie mir bitte unauffällig."

Ihr Unbehagen ist verschwunden und sie folgt Edda von Bernau in das sogenannte Rosenzimmer, das seinem Namen alle Ehre macht, nicht nur wegen des üppigen Blumenschmuckes, sondern auch auch wegen des mit pinkfarbenen Rosen bemalten antiken Schrankes.

„Setzen Sie sich doch", weist Edda von Bernau auf einen der beiden mit silbergrauem Samt bezogenen Sessel, und ergänzt, auf das Teegebäck und die alufarbene Isolierkanne deutend: „Und bitte, bedienen Sie sich."

Mit viel Fingerspitzengefühl tasten sich beide Frauen an das eigentliche Thema heran.

„Und Sie glauben, dass mittlerweile eine Bedrohung von ihr ausgeht?"
„Ja", antwortet Ruth. „Ich befürchte stark, dass sie mit dem Tod meines Jugendfreundes zu

schaffen hat. Leider sieht die Polizei da keinen Mord oder zumindest ein Tötungsdelikt. Zumindest in Kreuzau nicht."

„Sie sprechen vom Tod Klaus Steffens?"
„Ja ... durch Zufall, Schicksal, oder was auch immer war ich dabei, als er gestorben ist."
„Und warum glauben Sie, dass Sabine für seinen Tod verantwortlich ist?"

Ruth erzählt von den Tabletten, vom Streit von Klaus und Wesseling, von Sabine Hutmachers Verhältnis zu Wesseling, von Kurt Diebel und von dem Haus am Bildstöckchen. Und Edda von Bernau hört zu, nippt immer mal wieder an ihrem Tee und knabbert an einem Plätzchen, und gibt dabei Ruth mittels Blicken und Kopfnicken zu verstehen, dass sie deren Ausführungen für durchaus realistisch hält.

„Meine Tante Anna, also Sabines Großmutter, war ganz vernarrt in die Kleine. Sie wollte Sabine so gerne zu sich nehmen ... nach Gesines Tod. Aber ihr Vater Karl August stellte sich quer. Lieber schickte er die Kleine auf ein Schweizer Internat, als sie in die liebevolle Obhut ihrer Großmutter zu geben. Tante Anna hat sich zu Tode gegrämt. Der Verlust der geliebten Tochter und die Entfremdung von der geliebten Enkelin", wischt Edda von Bernau sich verstohlen eine Träne von der Wange und fährt dann fort: „Wissen Sie, Frau Pitscher. Anna war meine Patentante und ich habe meine Cousine Gesine sehr gemocht. Ich hätte mich sehr gerne um Sabine gekümmert. Aber zuerst hat das Karl August nicht zugelassen und dann später Sabine selbst. Ich habe sie vor ein paar Jahren einmal sehr ungeschickt auf eine potenzielle Vermählung angesprochen. Das wird sie mir bestimmt nie verzeihen. Aber es war

wegen … weil …", holt sie tief Luft und errötet ein bisschen. Um dann von der lang-
jährigen Affäre Sabines mit Prof. Dr. Sebastian Martens aus der Nachbarschaft zu erzählen. Dessen Frau Henriette habe wohl immer
von der Affäre gewusst, sich diesbezüglich
aber nie gegenüber ihrem Ehemann geäußert, da
sie froh gewesen sei, dessen sexuelle Vorlieben nicht mehr bedienen zu müssen. Sie sei
sich stets sicher gewesen, dass Sebastian sie
niemals verlassen würde, dazu sei ihm sein
behagliches und angenehmes Leben an ihrer
Seite viel zu wichtig.

„Es war mir äußerst unangenehm Sabine gegenüber, dies alles zu wissen. Und ich wollte
sie nicht Verlegenheit bringen … wollte nie,
dass sie weiß, dass ich weiß. Vermutlich habe
ich deswegen die ungeschickte Bemerkung wegen
einer möglichen Vermählung gemacht."

„Dann ist sie immer wieder ziemlich wüst von
Männern enttäuscht worden", sagt Ruth.
„Angefangen bei ihrem eigenen Vater."
„Ja", nickt Edda von Bernau und klemmt sich
mit den Fingern eine lilasilbernfarbene Welle
hinter das Ohr.

„Aber warum Klaus? Und welche Rolle spielt
dieser Wesseling?"

Edda von Bernau nimmt zwei grau-pink-karierte
Wolldecken von der Couch und bietet Ruth eine
an. Dankend legt diese die Decke über ihre
Schultern.

„Ihr Jugendfreund Klaus ist wohl zufällig zum
Opfer geworden", setzt sich Edda von Bernau
wieder hin. „Sollte eher Martens treffen.
Immerhin arbeiten die in der gleichen Firma."

„Das macht Sinn", sagt Ruth. „Das bedeutet aber auch, dass Martens in Gefahr ist. Und Karl August Hutmacher vielleicht auch."

„Ich werde morgen einmal bei meinem angeheirateten Cousin anrufen. Nicht, dass ich ihn mag. Ich hörte, er habe sich erneut vermählt. Und seine Gespielin sei sehr interessiert an der adeligen Ex-Verwandtschaft ihres Gatten. Da werde ich mich wohl dazu durchringen, ihm zu gratulieren und dann das Gespräch auf Sabine lenken."

71.

Hinter diesem Torbogen also hat Heinrich Böll einige seiner Werke geschrieben. Vielleicht auch seinen Aufsatz über die Juden von Drove? Jetzt dient das Haus politische verfolgten Künstlern und deren Familien als Ort des kreativen Schaffens und der Ruhe. Fernab der Heimat, aber auch fernab von Gefahr für Leib und Leben. Fast ehrfürchtig lässt Harald Keller seine Finger über die Bruchsteinmauer gleiten. Sein Fahrrad hat er gegen die Mauer des Nachbarhauses gelehnt. Wie schön wäre es doch, sich jetzt mit Böll über dessen Werke und ganz besonders über 'Die Juden von Drove' unterhalten zu können. Was würde der Schriftsteller wohl selbst vermuten, wie sich der imaginäre Junge aus seinem Aufsatz entschieden und entwickelt hat?

Schmerzhaft wird ihm bewusst, wie wenig er über die Flucht oder Vertreibung seiner Eltern weiß. Über deren Weltbild. Die Chance ist vertan. Beide sind schon seit Jahren tot. Warum beschäftigt er sich mit der Geschichte Kreuzaus und nicht mit seiner eigenen? 'Weil

die Geschichte Kreuzaus auch die deine ist',
antwortet er sich selbst. Klar, er hat sein
ganzes Leben in Kreuzau und der Umgebung
verbracht, aber die Wurzeln, sowohl des Vaters als auch der Mutter liegen in Pommern.
Als Wilhelm Keller und Katharina Prochnow mit
dem Handkarren hier ankamen, waren die Drover
Juden schon längst verschwunden.

Das Klingeln seines Smartphones holt ihn aus
seinen Gedanken. Ruth bittet ihn, in einer
Stunde bei ihr zu sein. Es sei sehr wichtig,
sie könne es aber jetzt nicht am Telefon erklären.

72.

Was hat nur Kurt zu diesem Verrat veranlasst?
Ein Herr Uerlichs von der Kreuzauer Polizei
hat noch einmal auf den AB gesprochen und
Kurt dringend um Rückruf gebeten. Bei ihr hat
Kurt sich noch immer nicht gemeldet. Das kann
nur bedeuten, dass er sich abgesetzt hat.
Aber warum? Nein, 'wohin?' muss die Frage
lauten. Für Gefühlsduselei ist jetzt keine
Zeit. Hat er das Land verlassen? Vielleicht
finden sich Hinweise in seinem Zimmer. Dort
steht ein Safe. Vermutlich setzt sich die
Zahlenkombination aus dem Geburtsdatum seiner
Mutter zusammen, oder aus ihrem Sterbedatum …
oder einer Kombination aus beidem? Direkte
Verwandte gibt es keine. Mit dem Safe wird
sie sich später beschäftigen. Kurt wird seiner gerechten Strafe nicht entkommen. Sie
muss aufpassen … darf das Gefühl der Enttäuschung nicht zu nah an sich herankommen lassen. Kurt hatte ihre Tränen gesehen, der einzige andere Mann, dem sie unfreiwillig dieses
Schwäche offenbarte, ist ihr Vater gewesen.

Bei Sebastian hat sie nie geweint und bei
Thorsten erst Recht nicht. Als sie bemerkt,
dass ihr just in diesem Augenblick Tränen
übers Gesicht laufen, wischt sie diese unge-
halten weg und dreht ihre langen Haare zu
einem Dutt zusammen. Für ihren Vater wird sie
sich auch einen neuen Plan einfallen lassen
müssen. Das Wie ist bereits durch die Anzahl
der Spritzen beantwortet, zu klären sind nur
noch das Wo und das Wann.

Die Sache mit Thorsten will sie morgen hinter
sich bringen. Eigentlich ist er ja ein guter
Mensch und deswegen hat er sich auch den hei-
ligen Sonntag als Todestag verdient.

„Helft ihr mir dabei?", schaut sie die Por-
träts von Mutter und Oma an, die rechts und
links neben dem Picknickfoto hängen.

73.

„Das war ein sehr ereignisreicher Tag heute",
drückt Ruth ihrem Freund Harald Keller schon
beim Öffnen der Wohnungstür einen Kaffeebecher in die Hand.

„Komm' herein und setz' dich aufs Sofa. Nein,
setz' dich am besten sofort an den Schreibtisch und unterbrich mich bitte nicht. Ich
erwarte gleich einen wichtigen Anruf und bis
dahin musst du im Bilde sein."

Im Rhythmus einer Schnellfeuerwaffe unter-
richtet sie Harald über ihr Gespräch mit Edda
von Bernau, über ihre Tätigkeit als 'Helga'
und dass die Redaktion sie angerufen habe,
weil ein gewisser Konstantin mit ihr sprechen
wolle. Es gehe um Leben und Tod, habe der

gesagt. Dieser Konstantin, also vermutlich Kurt Diebel, werde in fünf bis zehn Minuten von der Redaktion 'Eifel Live' zu ihr durchgestellt. Ruth holt tief Luft und drückt dem sprachlosen Harald einen Kopfhörer in die Hand, den sie – gleich dem ihren – am PC anschließt. Dann setzt sie sich neben Harald, der noch immer sprachlos ist, aber beginnt, Worte zu formen.

„Kann das sein, dass ich damals bei dir geklingelt habe, als du auf Sendung warst?", bringt er schließlich hervor.
„Ja", sagt Ruth. „Da habe ich dir von der Gesichtsmaske erzählt, die ich dann kurze Zeit später wirklich aufgetragen habe. Das hat so gebrannt."

Mit der Titelmelodie des Tatorts macht sich der PC bemerkbar.

„Pssst", legt Ruth ihren rechten Zeigefinger auf den Mund, um dann eine Taste zu drücken.

„Hier ist 'Helga'. Mit wem spreche ich?"
„Mit Konstantin. Das ist natürlich nicht mein richtiger Name. Sie müssen mir helfen, liebe Helga. Sie müssen ein paar Menschen warnen."

„Vor wem, lieber Konstantin?"
„Ähm", räuspert sich Konstantin/Kurt.

'Sprich du es aus', schiebt Harald ihr einen Zettel hin.

„Ich komme mir wie ein Verräter vor, und dabei weiß ich selbst, wie bescheuert das ist."

„Hilft es Ihnen", spricht Ruth langsam und einfühlsam, „wenn ich den Namen ausspreche?"

„Sie wissen …?"

„Vermutlich."

„Ja, bitte sagen Sie es."

„Ich vermute, wir sprechen von Dr. Sabine M. Hutmacher. Richtig?"

„Ja."

„Wen soll ich denn vor ihr waren? Und warum?"

„In Gefahr sind ein gewisser Thorsten Wesseling, der wohnt in Düren, glaube ich. Prof. Sebastian Martens aus Nideggen. Und ihr Vater in der Schweiz. Da hat sie mich mit vergifteten Pralinen hingeschickt."

„Aber den Auftrag haben Sie nicht ausgeführt, wenn ich richtig vermute?"

'Frag wo er jetzt ist', schreibt Harald.

„Wenn Sie den Auftrag nicht ausgeführt haben, sind Sie in Gefahr. Vielleicht kann ich Ihnen helfen. Wo sind Sie denn jetzt?"

„Das kann ich Ihnen nicht sagen. Aber ich bin in Sicherheit. Bitte warnen Sie die Leute."

„Kann ich Sie denn irgendwie erreichen? Wenn sich Fragen ergeben?"

„Ich melde mich bei Ihnen. Entscheiden Sie selbst, ob Sie die Polizei einschalten. Ich trau' dem Haufen nicht."

'Vertrauen schaffen. Sag deinen richtigen Namen!', schreibt Harald.

„Wie Sie wahrscheinlich schon vermuten, ist 'Helga' nicht mein richtiger Name. Reden wir Klartext! Sie heißen Kurt Diebel und ich heiße Ruth Pitscher. Ich gebe Ihnen jetzt meine private Handynummer. Ich bin mit einem ehemaligen Polizisten befreundet, mit dem werde ich mich besprechen. Bitte melden Sie sich, wenn Sie Hilfe brauchen!"

Ruth nennt ihm noch ihre Nummer, dann beendet sie das Gespräch.

„Gut gemacht!", zeigt Harald Keller den Daumen nach oben. „Aber warum hast du ehemaliger Polizist gesagt?"
„Das hört sich ein bisschen nach Privatdetektiv oder Kleinkriminellem an ... eine vertrauensbildende Maßnahme sozusagen. Ich glaube nicht, dass 'Kommissar im Ruhestand' bei ihm zu einem positiven Gefühl geführt hätte."

Harald befreit sich von dem Kopfhörer, nimmt seinen Kaffeebecher, füllt ihn in der Küche auf und setzt sich dann aufs Sofa. Diese unkomplizierte Vertrautheit mit Ruth ist einfach schön. Es gibt immer mal wieder kurze Momente, in denen er sich fragt, ob da vielleicht sogar ein bisschen mehr ist. Tiefer einsteigen in diesen Gedanken möchte er allerdings nicht. Zum einen ist da seine Trauer um Marita, die Raum braucht. Und zum anderen möchte er die Freundschaft mit Ruth nicht aufs Spiel setzen. Wahrscheinlich ist er sowieso nicht ihr Typ. Sie setzt sich neben ihn und zieht die Beine an.

„Nun sag' schon, ist dir noch etwas aufgefallen? Du hast doch sicher eine ganz andere Intention beim Zuhören gehabt als ich."

Harald lacht und fährt sich mit der rechten Hand durch sein störrisches graues Haar.Macht eine Denkergeste, um Ruth ein wenig auf die Folter zu spannen und fährt dann fort: „Diebel war in einem Bahnhof. Vermutlich in Hamburg. Ich hab' ganz leise eine Durchsage im Hintergrund gehört. Lass' uns nachsehen, welche Züge zur Zeit des Anrufes von Hamburg aus in welche Richtungen gefahren sind. Ich vermute mal, dass er im Ausland untertauchen will. Und wohl eher nicht im Süden, wenn er schon einmal in Hamburg ist."

74.

Aus gut unterrichteten Kreisen wissen wir, dass die Bremer AG in Kürze ein Medikament auf den Markt bringen wird, das die Neben- wirkungen einer Chemotherapie lindern soll. Eine Hoffnung und Erleichterung für viele Menschen. Aber für uns auch deswegen interes- sant, weil die Entwicklung dieses Präparates maßgeblich auf Prof. Dr. Sebastian Martens zurückgeht, der wiederum bei uns in der schö- nen Eifel wohnt. Genauer gesagt in Nideggen. Weiter so, verehrter Herr Professor. Hier ist für euch 'Eifel live', euer Lieblingssender, und wir freuen uns, euch weiterhin durch die- sen wunderbaren Samstagnachmittag zu beglei- ten …

„Nein, Danke!", zischt Sabine Hutmacher und wechselt den Sender. Der ach so tolle Profes- sor Doktor Martens würde das Medikament nicht als erstes auf den Markt bringen. Es wird nicht als 'Zytogastrin' angeboten werden. Da hat Thorsten gute Arbeit geleistet. Und wie Dr. Schmidtheim und sein Team das Präparat nennen werden, ist ihr eigentlich egal. Für Sebastian wird diese Schmach schier unerträg- lich sein. Und so lange dieses Gefühl bei ihm anhält, muss er am Leben bleiben. Erst dann, wenn er anfängt, sich von dieser Geschichte zu erholen, wird sie zuschlagen. Oder besser gesagt … zustechen!

75.

Das Poster von Bruce Lee hängt noch immer an
der Kopfwand. Bruce ist unverwundbar. Mike
wäre immer so gerne wie Bruce Lee gewesen.
Der Blick gleitet durch sein altes Zimmer,
dass er sich früher mit Mike geteilt hat. Auf
dem kleinen angestaubten Resopal-Regal über
Mikes Bett steht auch noch der Pokal, den er
vor vielen Jahren bei einem Tischtennis-Tur-
nier gewonnen hat. Über seinem Bett, an der
Wand gegenüber, hängt ein Poster des Albums
'Nevermind' von Nirvana. Seine Mutter hatte
jedes Mal eine Bemerkung über das nackte Baby
gemacht. Und als er sein Bett frisch bezieht,
findet er zwischen Matratze und Lastenrost
ein längst vergessenes Pornoheftchen.

Seine Mutter hat ihn überredet, zumindest
eine Nacht zu bleiben. Und mittlerweile ist
er ganz froh, dieses Angebot angenommen zu
haben. Er lässt sich auf die weiche Matratze
fallen, wie früher. Das Lattenrost quietscht,
wie früher.

„Darf ich hereinkommen?", klopft Jolantha
zaghaft an.
„Gerne", antwortet er, setzt sich auf die
Bettkante und bietet seiner Mutter den Platz
neben sich an.
„Ich habe was getan, auf das ich nicht stolz
bin", sagt er und denkt dabei wieder an die
Träne in Klaus' Augenwinkel.
„Und das willst du in Ordnung bringen?"
„Ja. Aber ich muss die Dinge persönlich klä-
ren. Also muss ich morgen nach Düren fahren."
„Ich bin stolz auf dich."
„Auch wenn ich ins Gefängnis muss?"
„Auch dann. Das zeigt, du bist bereit, für
eine Schuld einzustehen."

Warum hat er eigentlich immer geglaubt, er könne mit seiner Mutter nicht reden? Auch wenn Empathie für sie ein Fremdwort ist, sie hat sie. Bei Sabine Hutmacher ist das genau umgekehrt. Er fühlt sich unbeschwert, wie schon lange nicht mehr. Was ist eigentlich passiert, seit dem Moment, indem er sein altes Zimmer betreten hat? Die Erinnerung an den lieben kleinen Mike und dessen Schwärmerei für den 'gerechten' Bruce Lee hat ihn an seinen eigenen Gerechtigkeitssinn erinnert, der während seiner Kindheit und Jugend Wegweiser für ihn gewesen ist. Innerlich jubelt er über die Rückkehr seines Gerechtigkeitssinnes, auch wenn dieser mit heftigen Einbußen im Gepäck daherkommt. Er wird sich von ihr trennen und dann will er sich selbst bei der Polizei anzeigen.

„Was auch immer nun geschieht, liegt in Gottes Hand", sagt seine Mutter und wuschelt ihm durch das Haar. Gestern noch hätte er das gehasst, weil er deswegen wieder nachfrisieren muss. Heute freut er sich über diese vertrauliche Geste. Stylen wird im Knast vermutlich sowieso keinen hohen Stellenwert haben.

76.

Im Hause Martens in Nideggen herrscht ausgelassene Stimmung. Henriette trägt die aschblonden Haare offen und einen Kaftan aus schwarzer Seide. Ein Champagnerkorken fliegt. Sie umarmt ihren Mann nun schon wieder und schmiegt sich an ihn.

„Ich bin ja so stolz auf dich!", hat sie bereits einige Male gesagt.

Ihr Gatte ist diese Gefühlsbeteuerungen von ihr schon seit langem nicht mehr gewohnt und deswegen ziemlich unbeholfen.

„Henriette, Liebes, das Medikament ist noch gar nicht auf dem Markt. Und das eben war nur ein Beitrag eines lokalen Radiosenders."

„Trotzdem", drückt sie ihm eine Glas Champagner in die Hand. „Lass' uns anstoßen auf dein 'Zytogastin'."

„Bitte nenn' den Namen nicht, bevor es wirklich offiziell ist. Da bin ich ein bisschen abergläubisch", lacht er etwas zu laut.

Da ist sie wieder, diese Angst, dass 'Huti' etwas plant. Aber er möchte diese ausgelassene Stimmung nicht zerstören und beugt sich zu der Schallplattensammlung auf dem Boden neben dem Kaminsims herunter.

„Weißt du noch?", zieht er eine leicht angestaubte Single heraus.

„Oh ja, Roberta Flack. Ich hab' mich damals unsterblich in dich verliebt."

Und so wie die ersten Töne von 'The first Time ever I saw your Face' erklingen, verbeugt er sich vor ihr: „Darf ich bitten?" „Sehr gerne", drückt sie sich an ihn und beide wiegen sich im Takt.

Er gibt sich ganz der Stimmung hin. Die vielen Kerzenständer tauchen den Raum in ein warmes Licht. Nach Roberta Flack folgen die Moody Blues, Bill Withers und Simon and Garfunkel. Der Champagner erzeugt eine wohltuend einlullende und entspannte Stimmung. Längst haben sie sich auf das Sofa gesetzt. Henriettes Kopf liegt an seiner Schulter. Sie öffnet sein Hemd und tastet sich allmählich zu seiner Hose vor. Er genießt die Situation und stöhnt leise auf. Sie zieht ihren Kaftan aus und wirft zu Boden. In schwarzer Spitzenunterwäsche tänzelt sie nun auf ihn zu, zieht seine Hose aus und zeigt sich mit dem Ergebnis ihrer Bemühungen zufrieden. Seine Finger spielen mit ihrem Slip. Sein Atem geht jetzt schneller. Und plötzlich ist sie wieder da. Die Angst. Der Gedanke: Sie will mich fertig machen. 'Huti' will mich fertig machen.

77.

Okay. Thorsten hat sich also zum Heulen zu Mami verzogen. Nicht, dass er noch auf die Idee kommt, die morgige Verabredung abzusagen. Er hat eben am Telefon so entschlossen geklungen. Wo sie sich träfen, sei ihm letztlich egal, aber er müsse dringend mit ihr sprechen. Ganz euphorisch hat er geklungen. Egal, das Problem Thorsten würde sich in sehr naher Zukunft erledigt haben. Sie braucht ihn nicht mehr. Kann sie sich doch sicher sein, dass alle Unterlagen schon vor geraumer Zeit bei Dr. Schmidtheim von der Atlantis AG angekommen sind. Adios, 'Zytogastrin'! Adios, Sebastian!

Jetzt versucht sie sich an Diebels Safe. Wie einfach strukturiert der Mensch doch ist. Es ist das Sterbejahr seiner Mutter gewesen, das ihr den Safe geöffnet hat. Alte Familienfotos. Langweilig. Kurt ist ein äußerst hässliches Kind gewesen. Seine Mutter war einfach nur unförmig und fett. Als sie später vom

Krebs gezeichnet war, hatte sie wenigstens Konturen im Gesicht. Helenes Briefe in den Knast mit einer Schleife umwickelt. Da ist ein Artikel über seine Verhaftung. *'Liebe zu seiner Mutter bringt Kurt D. in den Knast'*. Da sind noch ein paar Briefe, die auch an die JVA adressiert sind. Drei von einer Ilse Mohnen mit ausgeprägtem Helfersyndrom. *'Du hast deine Mutter in Grab gebracht'*, schreibt eine gewisse Tante Geli. Wie einfühlsam! Aber seine Verwandtschaft kann man sich nun mal nicht aussuchen. Sie muss sich schließlich auch mit der hochnäsigen Edda herumschlagen … und mit ihrem Vater. Letzteres aber nicht mehr lange.

'Ich bin jetzt bei meinem Onkel in Aarhus und werde hier neu anfangen', schreibt ein gewisser Ricky Salander. Das ist sehr interessant! Könnte ein Anhaltspunkt sein! Sie googelt 'Ricky Salander' und 'Aarhus' in Kombination und wird schnell fündig. Gitarrenunterricht bietet der ehemalige Zellengenosse ihres ehemaligen Vertrauten an. Vielleicht sollte sie sich mit einem Kurz-Tripp nach Dänemark belohnen, sobald das Kapitel 'Thorsten Wesseling' zu Ende geschrieben ist? Was Sebastian betrifft, so besteht da momentan kein Handlungsbedarf und ihr Erzeuger soll ruhig für ein paar Tage sein frisches Glück mit seinem neuen Spielzeug genießen. Für Montag und Dienstag könnte sie zwei Home-Office-Tage beantragen. Bei Sebastian. Der ist schließlich froh über jeden Tag, an dem er sie nicht sieht. Dann würde sie mit dem Zug fahren und ihre liegengebliebene Korrespondenz bearbeiten und ihren Fach-Artikel über 'Zytogastrin' schreiben, den Sebastian später an die Presse verschicken möchte … sollte es überhaupt so weit kommen.

78.

Mit ihrer Selbstauskunft für den Therapeuten ist sie ein beachtliches Stück weitergekommen. Die Gedanken rotieren. Und als sie feststellt, dass sich in ihrem Kopf die eigene Geschichte mit der Sabine M. Hutmachers vermischt, beschließt sie, jetzt doch eine Flasche Merlot zu öffnen und Harald Keller anzurufen. Seine umsichtige und manchmal auch ein bisschen übervorsichtige Art würde ihr jetzt guttun. Harald ist echt zu einer Bereicherung ihres Lebens geworden. Und manchmal überlegt sie schon, ob da vielleicht ein bisschen mehr ist als nur Freundschaft. Im Moment braucht sie aber in erster Linie einen Freund. Sie hat ganz schön Bammel vor dem Termin am Montag. Jetzt nimmt sie das Fotoalbum wieder zur Hand, in dem sie eben, auf der Suche nach familiären Erinnerungen, geblättert hat. Ihr Vater auf der Gartenbank, die braune Cordhose viel zu weit und auch das alte braun-beige karierte Flanellhemd bietet noch eine Menge Platz. Aber er lächelt. Er sprach nie von 'Bammel', sondern immer nur von 'Manschetten haben'.

„Ich hab' ganz schön Manschetten vor Montag, Papa!" flüstert Ruth und streicht sanft über das Foto. Sie küsst ihren Vater vorsichtig auf die Wange, klappt das Album zu und geht in die Küche, um kurze Zeit später mit einem Glas Wein und einem Schälchen Oliven zurückzukommen.

„Es ist schon spät, ich weiß …", eröffnet sie das Telefonat mit Harald und nippt an ihrem Rotwein.
„Das macht gar nichts. Kann sowieso nicht schlafen. Habe mir Maritas Bücher von Böll

aus dem Regal genommen und überlege, welches
ich lesen soll."
„Ist 'Haus ohne Hüter' dabei?"
„Ja!"
„Dann lies das. Es ist mein Lieblingsbuch von
Böll. Und die Blut-im-Urin-Oma erinnert mich
immer an meine Großtante Hermine."
„Du denkst über deinen Montag-Termin nach?"
„Ja, davor hab' ich ordentlich Manschetten."
„Manschetten? Das hab' ich schon so lange
nicht mehr gehört. Das sagte mein Vater oft."
„Meiner auch."
„Hat sich Diebel nochmal bei dir gemeldet?"
„Nein. Das hätte ich dir sofort mitgeteilt."
„Magst zu morgen zu mir zu einem ausgiebigen
Sonntagmorgen-Frühstück kommen?"
„Ja. Gerne. Dann bringe ich eine Brötchen-
Auswahl von Büschel mit."

Ihr ist jetzt ein bisschen feierlich zumute.
Sie ist nämlich noch nie in Haralds Haus gewesen. Da hat sie immer das Gefühl gehabt, er
wolle sie aus seinem Privatleben heraushal-
ten.

„Und im Anschluss", nimmt sie einen Schluck
Wein, „machen wir einen Spaziergang. Große
Runde um Kreuzau."

„Ich erinnere mich vage an Zeiten, da bist du
nicht so wanderwütig gewesen", lacht er. „Ich
freue mich auf morgen, jetzt werde ich einmal
'Haus ohne Hüter' zur Hand nehmen."
„Ich freue mich auch. Stimmt, ich war gehfau-
ler als wir uns kennenlernten. Gute Nacht und
Danke, dass du da bist, Harald."

79.

Acht leere Tuborg-Dosen stehen auf dem Tisch. Im Aschenbecher liegen filterlose Zigarettenstummel. Und ein Fachmann würde sofort bemerken, dass hier nicht nur Tabak geraucht worden ist.

„Du willst mir noch immer nicht sagen, worum es geht?", schiebt Ricky Salander seinem Kumpel eine weitere Dose Tuborg hin.

„Morgen oder übermorgen", öffnet dieser die Bierdose. „Die letzten drei Tage waren megaheftig. Da muss ich erst mal drauf klarkommen."

„Okay!", öffnet Ricky seine Dose. „Skål!"

Die kleine getigerte Katze scheint die Duftmischung aus Bier, Tabak, Cannabis und Männerschweiß nicht zu stören. Sie stolziert über den Flokati-Teppich und lässt sich abwechselnd von Ricky und Kurt kraulen.

„Ich bin total groggy. Wo kann ich mich hinhauen?"
„Komm' mit", zieht Salander seinen Knast-Kumpel aus dem Sessel hoch und führt ihn zu dem angrenzenden kleinen Raum, dessen Wände gekälkt sind und auf dessen Estrich eine Matratze liegt. Daneben stehen ein kleiner schwarzer Ikea-Tisch und ein gelber Klappstuhl. Kurts Blick fällt auf das angegraute Handtuch, zwei Unterhosen in ähnlichem Farbton und zwei Paar graue Socken auf dem Tisch.

Ich wusste ja nicht, was du brauchst", zieht Ricky fast entschuldigend die Schultern hoch. „Du kannst bleiben, solange du willst."

„Du bist echt 'n Kumpel. Danke, Ricky!"
„Nicht dafür!"

80.

Er ist ein bisschen nervös, als er sich um
sechs Uhr morgens bei seiner Mutter in Holweide an den Küchentisch setzt. Gestern Abend
hat er gesagt, er wolle am Sonntagmorgen ganz
früh losfahren und würde sich melden, sobald
er die Dinge erledigt und sich der Polizei
gestellt habe. Aber als er jetzt leise auf
Socken durch den Flur gehuscht ist, hat seine
Mutter schon in der Küchentür gestanden, umgeben von einem Duft von Rührei mit Speck und
Kaffee.

„Du hast heute Großes vor, mein Sohn", sagt
Jolantha Wesseling. „Das geht nicht mit lee-
rem Magen."

Er umarmt sein Mutter, die – wie immer – eine
Kittelschürze trägt. Heute eine weiße, weil
schließlich Sonntag ist. Die Haare sind gewa-
schen und antoupiert. Sie ist ganz dezent ge-
schminkt. Später wird sie eine katholische
Messe besuchen.

„Okay. Das ist dann wohl meine Henkersmahl-
zeit. Vielleicht muss ich ja schon heute ins
Gefängnis. Obwohl, bei mir besteht ja kaum
Fluchtgefahr, wenn ich mich selbst anzeige."
„Es wird alles genau so geschehen, wie Gott
es will", sagt sie und macht mit dem Daumen
ein Kreuzzeichen auf seine Stirn.

81.

Gebucht! Kreuzau-Aarhus, für Montag, 16. September, 1. Klasse. Ihr Drucker spuckt nun das Ticket aus, während sie einen kleinen cognacfarbenen Lederkoffer packt. Sie hat ein flexibles Ticket gebucht. Vielleicht kann sie ja auch schon heute Mittag fahren, wenn sie die Sache mit Thorsten erledigt hat. Und vielleicht schon diese Nacht die Füße ins Meer stecken?
Für alle Fälle packt sie Flip-Flops und einen edlen schwarzen Tankini ein.

„Und ihr kommt auch mit", nimmt sie die Porträtfotos ihrer Mutter und ihrer Oma von der Wand und verstaut diese behutsam zwischen einer Jeans und einem geblümten Flatterkleid.

Die Injektionsnadel hat sie schon auf den Fertig-Pen geschraubt, den sie später für Thorsten verwenden will. Und das Equipment für Kurt ist auch schon einsatzbereit im Koffer verstaut. Für Punkt 10 Uhr hat sie sich mit Thorsten auf dem Lohberg verabredet. Das ist weit genug weg, um nicht mit ihr oder Kurt in Verbindung gebracht zu werden. Aber nah genug, um schnell durch den Wald nach Hause zu laufen, vor allem, wenn etwas Unerwartetes passieren sollte. Noch zwei Stunden. Zeit genug für ein Brötchen mit Leberwurst und einen großen Becher Kaffee.

82.

Sonntagmorgen, 9 Uhr in Kreuzau. Bei leichter Bewölkung und spätsommerlicher Temperaturen sind schon viele Kreuzauerinnen und Kreuzauer auf den Beinen. So auch die Damen Breuer und Nolden, sie sich gerade in rasanter Geschwindigkeit mittels ihrer Rollatoren der Bäckerei Büschel nähern.

„War das gerade Frollein Pitscher?", blickt Gretchen Ruth hinterher, die soeben mit einer prall gefüllten Tüte die Backstube verlassen hat.
„Ja, bestimmt!", antwortet Christinchen und schiebt ihren Rollator Richtung Glastür, die sich sofort öffnet.
„Ob die wohl zum Kommissar geht?", spekuliert Gretchen.

Christinchen steht jetzt an der Verkaufstheke, dreht sich zu Gretchen um und zwinkert mit dem Auge. Die ist sichtlich verwirrt ob dieser Geste, schiebt ihren Rollator zu einem kleinen Bistro-Tisch und schaut Christinchen wieder fragend an. Diese wirft jetzt ihrer Freundin einen triumphierenden Blick zu, um sich dann an Elvira Klein zu wenden.

„Unsere Bestellung muss warten, Frollein! Wir haben nämlich eine delikate Frage: Geht das Frollein Pitscher zum Herrn Kommissar?"

„Guten Morgen, liebe Frau Nolden. Ich kann mir kaum vorstellen, dass die Frau Pitscher zu Herrn van Damm geht. Der wird auch bestimmt bei seinem Frühschoppen sein. Was darf ich denn für Sie tun?"

Gretchen Breuer hat sich jetzt an dem Bistrotisch niedergelassen und beobachtet das Szenario. Christinchen hält jetzt ihre große Stunde für gekommen und zwinkert Gretchen noch einmal zu, bevor sie sich wieder an die nette Bäckereifachverkäuferin wendet.

„Frollein Klein, ich spreche natürlich von Kommissar Keller. Und ich bin gewahr geworden, dass Sie und der Herr Uerlichs ein Paar sind. Und dann sind Sie auch mit dem Herrn Kommissar bekannt. Und dann müssen Sie wissen, ob er jetzt Damenbesuch bekommt."

„Liebe Frau Nolden", lacht Elvira, jetzt leicht errötet. „Auch wenn es Sie nichts angeht: Ja, der Herr Uerlichs und ich sind ein Paar. Ansonsten werde ich hier nicht fürs Tratschen, sondern fürs Bedienen bezahlt. Was darf ich Ihnen also bringen? Riemchenstaat und Kaffee?"

„Nein", antwortet Christine Nolden schnippisch. „Für mich einen Kaffee und ein Croissant. Und Frau Breuer bestellt selbst."

83.

Jetzt ist es genau eine Woche her, dass dieser widerliche Herr van Damm ihr die Todesnachricht überbracht hat. Gleich will sie das Grab von Klaus besuchen, mit einem kleinen Strauß Vergissmeinnicht. Gedankenverloren nippt Marion Laprell an ihrem Kaffee und zieht an ihrer Zigarette. Rauchfrei hat bis dato leider noch nicht geklappt. Aber sobald der Mord an Klaus aufgeklärt und die Mörderin zur Rechenschaft gezogen worden ist, wird sie einen ernsthaften Versuch starten. Ruth hat ihr gestern am Telefon versprochen, dass sie und Harald Keller erst Ruhe geben, wenn der Fall, der offiziell vermutlich keiner mehr ist, restlos aufgeklärt wäre. Und auf Ruth ist Verlass.

84.

Prof. Sebastian Martens wacht im Wohnzimmer
auf. Mit höllischen Kopf- und Rückenschmerzen
auf dem Sofa liegend. Diese Rückenschmerzen
sind seiner Schlafstätte geschuldet, diese
Kopfschmerzen dem Alkohol. Und wie er sich so
im Zimmer umsieht, kommt die Erinnerung an
den gestrigen Abend plötzlich und unangenehm
zurück. Da liegt Henriettes schwarzer Kaftan
in der Ecke. Ein paar Meter davon entfernt
liegt der Spitzen-BH. Seine Jeans liegt neben
dem Sofa. Und sein himmelblauer Seiden-Pull-
over klebt an seinem verschwitzen Körper. Sie
tranken Champagner, tanzten eng umschlungen,
zogen sich aus und fielen übereinander her
wie früher als Frischverliebte. Und dann kam
seine Angst vor Huti und verstörte die Stimmung. Henriette zog sich beleidigt zurück und
er leerte eine halbe Flasche Cognac.

Ja, er hat immer Angst vor ihrer Rache gehabt. Angst, dass sie seine Ehe zerstört und
seine Karriere. Er hat dabei mit etwas Großem
gerechnet, das plötzlich daherkommt … und
nicht mit kleinen Nadelstichen wie bei einer
Voodoo-Puppe. Wohldosiert und effizient.

85.

Auch am Genfer See herrscht schönes Spätsom-
merwetter. Carina de Fabio, jetzt de Fabio-
Hutmacher, genießt den Blick auf den See von
der Terrasse aus. Noch ein bisschen mehr genießt sie den Luxus, den ihr das Leben an der
Seite von ihres betuchten Gatten bietet. Die
Zugehfrau hat den Frühstückstisch gedeckt und
dekoriert und sich diskret verzogen. Genau so

muss gutes Personal sein. Karl August telefoniert mit seiner Tochter und sie weiß nicht so recht, was sie davon halten soll. Die Aufmerksamkeit ihres Gatten möchte sie mit niemandem teilen. Andererseits scheint Sabine eine Koryphäe auf ihrem Gebiet zu sein und internationale Anerkennung zu bekommen. Und, was noch wichtiger ist, als Charity-Lady in Sachen Krebs erscheint sie immer mal wieder mit Foto in Hochglanzformaten. Da möchte sie natürlich auch rein. Und dabei kann ihr ihre Stieftochter behilflich sein.

„Liebes", legt Dr. Karl August Hutmacher das Mobiltelefon für einen Moment beiseite. „Sabine möchte uns am Dienstag besuchen. Ist dir das recht?"

„Aber natürlich", schreit Carina. „Ich freue mich ja schon so darauf, sie endlich kennenzulernen."

86.

„Ich freue mich schon so darauf, sie endlich kennenzulernen", steht sie vor dem Spiegel und äfft ihre neue Stiefmutter nach, die ungefähr in ihrem Alter ist. Eigentlich möchte sie ja nicht, dass diese Carina dabei ist, wenn sie ihrem Vater das Insulin injiziert. Vielleicht sollte sie für alle Fälle ein paar Botox-Pralinen einpacken? Nicht das Vaters Spielzeug wegen ihrer aufgespritzen Lippen gegen Botox immun ist?

Der Inhalt ihres kleinen cognacfarbenen Koffers befindet sich jetzt in einem mittleren cognacfarbenen Koffer. Als sie sich entschieden hat, von Dänemark aus sofort im Anschluss in die Schweiz zu reisen, hat ein safranfarbenes Kostüm und eine dunkelbraune Seidenbluse und Stiefel in ocker dazu gepackt. Sie sollte von Dänemark aus mit dem Zug in die Schweiz reisen. Das Ticket aber vor Ort kaufen und bar bezahlen. Bei einem Flug würde ihr Namen auftauchen, und das wäre nicht von Vorteil.

Sie bindet ihre Haare zusammen und zieht eine grüne Laufhose aus Gore-Tex und ein entsprechendes Oberteil an. In der Bauchtasche darunter befindet sich der Pen. Dann läuft sie in gemäßigtem Tempo los.

87.

„Nein, du bleibst bitte sitzen. Du bist mein Gast", versucht Harald Ruth am Aufstehen zu hindern und legt ihr noch eine Apfelspalte auf den Teller, während er den Tisch abräumt.

„Dein Wohnzimmer ist sehr gemütlich Harald", lässt Ruth ihre Blicke schweifen. Viel Holz und viel in irisch-grün gehalten. Diese Kombination gefällt ihr. Auf dem Sofa, in einem kühlen Beigeton, liegt 'Haus ohne Hüter'. Aus dem Buch lugt ein Lesezeichen hervor. Er hat also vergangene Nacht tatsächlich noch einige Seiten gelesen.

„Bist du schon bei 'Blut im Urin'?"
„Ja, ist schon aufgetaucht. Und so wie die Blut-im-Urin-Oma war deine Tante Hermine?"
„Ähnlich. Sehr ähnlich. Morgen um diese Zeit beginnt gleich meine erste Therapiestunde."
„Ich finde das bewundernswert", bleibt Harald mit einem Brotkorb in der einen und zwei Kaffeebechern in der anderen Hand im Türrahmen

stehen. „Wirklich. Hut ab, liebe Ruth, wie du dich den Dingen stellst."

Ruth stapelt die Frühstücksteller übereinander und legt den Käse- und den Obstteller obendrauf, ignoriert Haralds mahnenden Blick und bringt das Geschirr in die Küche.

„Wenn wir zusammen abräumen, kommen wir viel schneller zu unserem Spaziergang."
„In Ordnung. Du hast gewonnen."

88.

Warum sie ausgerechnet den Lohberg in Kreuzau für ein Treffen ausgesucht hat, will sich ihm nicht wirklich erschließen. Im Auto sitzend schaut er sich auf der kleinen Anhöhe um. Ein winziges Waldstück, etliche Felder und viele Wege. Aber ihm soll dieser Treffpunkt recht sein. Es geht schließlich nicht - oder nicht mehr - um ein romantisches Date oder eine gemeinsame Zukunft. Er will das Kapitel Sabine hinter sich bringen, mit allen Konsequenzen. Nach diesem Treffen wird er nach Düren fahren und sich dort der Polizei stellen. Eigentlich sollte er zum 1. Oktober bei der Atlantis AG anfangen. Dazu würde es wohl nicht mehr kommen. Was auch gut so ist. Seinen Job hätte er nur seinem Verrat an der Bremer AG und vor allem an Klaus zu verdanken gehabt. Bei Bremer hat er sowieso noch nicht gekündigt. Wird aber auch nicht von Nöten sein, wenn er im Knast sitzt.

Er sieht, wie sich ein grüner Punkt langsam auf ihn zubewegt. Das muss sie sein. Allmählich wird er nervös, nimmt einen Schluck aus der Wasserflasche und atmet tief ein und aus.

Als er diesen Jeep vor vier Monaten kaufte, träumte er von wildem Sex mit ihr in diesem Auto. An einem Strand. Auf einem Berg. Mit Entsetzen muss er feststellen, dass dieser Gedanke ihn auch jetzt noch erregt.

'Denk da nicht dran, Thorsten! Du musst das jetzt durchziehen. Du musst jetzt endlich und konsequent die Sache mit ihr beenden, sonst bekommst du dein Leben nie wieder auf die Reihe', ermahnt er sich selbst.
Jetzt kann er sie erkennen. Wie grazil sie sich bewegt. Ihr schöner Körper. Dass sie schon 53 Jahre alt ist, und damit neun Jahre älter er, sollte man nicht für möglich halten. 'Du Idiot', schimpft seine innere Stimme. 'Die Frau tut dir nicht gut, lass bloß die Finger von ihr!'

Er zwingt sich, an seine Mutter zu denken, die so stolz auf ihn ist. An seinen kleinen Bruder Mike und an Bruce Lee. An die Vorsätze, die er gestern in seinem alten Kinderzimmer gefasst hat. An das Gefühl von Freiheit, das ihn gestern durchströmt hat, bei dem Gedanken, sich von ihr zu trennen. 'Mama, bitte bete für mich', schickt seine Gedanken Richtung Holweide.

Sie kommt immer näher. Und sie lächelt und öffnet den Reißverschluss ihres Oberteils ein wenig. Nur soviel, dass er den blütenweißen BH aufblitzen sieht.

'Lass dich nicht wieder einwickeln', schreit seine innere Stimme ihn förmlich an und weiß doch, dass sie längst verloren hat.

Er ist wie paralysiert, komplett unfähig zu handeln. Sabine öffnet die Fahrertür und ihr

Oberteil um einen weiteren Zentimeter. Warum trägt sie Handschuhe? Sie küsst ihn auf den Mund. Hart und fordernd. Er ist verloren. Jetzt können wohl auch die Gebete der Mutter nicht mehr weiterhelfen. Sie setzt sich auf ihn.

„Eigentlich …", setzt er an.

Aber da legt sie eine Hand auf seinen Mund, macht sich am Reißverschluss seiner Hose zu schaffen und bewegt sich jetzt rhythmisch auf ihm.

„Ich …", setzt er noch einmal an.
„Jetzt nicht", bewegt sie sich weiter.

Den Mund hält sie ihm nun nicht mehr zu. Sie braucht die rechte Hand für den Pen, den sie ihm in den Oberschenkel rammt. 100 Einheiten Insulin jagt sie in sein Fettgewebe. Er weiß sofort, dass es jetzt vorbei ist. Alles. Er kann sich nicht mehr wehren. Er zittert und schwitzt. Als Pharmareferent weiß er, dass es sich dabei um eine Unterzuckerung handelt, die er nicht überleben wird.

„Warum?", versuchen seine zitternden Lippen zu formen. Ihren Blick vermag er nicht mehr zu deuten. Dann wird es dunkel.

89.

Gemächlich spazieren sie durch den Üdinger Weg. Ruth wäre nicht Ruth, würde sie nicht mindestens ein rotes Kleidungsstück tragen. Heute sind es Schuhe, Halstuch und Rucksack. Harald hat sich mehrfach angeboten, diesen zu tragen. Ruth hat das mehrfach abgelehnt.

„Du glaubst ja, ich bin so ein ganz Korrekter, nicht wahr?"
„Das bist du auch, Harald. Das ist aber nicht schlimm."
„Kannst du dir vorstellen, dass ich einmal etwas … sagen wir Semiprofessionelles mache?"
„Schon … mit viel Fantasie!"

Ruth lacht und fordert ihn mit einer Handbewegung auf, weiterzugehen. Aus Richtung Üdingen kommend, nähert sich ein Motorrad. Viel zu schnell und zu laut.

„Und? Zückst du in Gedanken einen Strafzettel?"
„Selbstverständlich! Aber jetzt lassen Sie sich überraschen, werte Frau Pitscher. Von Herrn Keller mit 'k' wie korrekt."

Lachend schiebt Ruth ihn über die Straße und über den Bahnübergang.

„So. Und jetzt überrasche mich bitte!"
„Ich befürchte, dass Kurt Diebel in Gefahr ist. Von daher habe ich mich bei einem ehemaligen Kollegen erkundigt, der bei der JVA in Ossendorf arbeitet … und ihn gebeten, nach ehemaligen Zellengenossen von ihm zu suchen, zu denen er eventuell noch heute Kontakt haben könnte. Und jetzt habe ich das Ergebnis bekommen."
„Und?"
„Ich habe einiges von dir gelernt, Ruth. Auf die Folter spannen macht Spaß."

Ruth versucht, ein bisschen beleidigt zu gukken, was ihr aber nicht gelingen will, da sie dabei ständig lachen muss. Sie nimmt ihren Rucksack von der Schulter und schleudert ihn in kreisender Bewegung. Ein spielendes Kind im Garten eines kleinen Hauses applaudiert ihr, was Ruth mit einem Augenzwinkern belohnt.

„Und jetzt zu dir, mein Freund", wendet sie sich wieder an Harald. „Ich habe eine Schleuder und einen Fan. Also sprich!"

Harald ist vor dem kreisenden Rucksack in Deckung gegangen.

„In Ordnung, du hast mal wieder gewonnen. Da gab es einen Ricky Salander, zu dem er engen Kontakt hatte. Salander wurde früher entlassen und schickt Kurt Briefe in den Knast. Und jetzt kommt es: Aus Aarhus in Dänemark."
„Du hattest wohl Recht, als du vermutet hast, dass er während des Telefonates am Hamburger Bahnhof gewesen ist. Jetzt müssen wir nur noch die Telefonnummer dieses Salanders herausfinden. Sollen wir zurückkehren?"
„Nein. Die Nummer suchen wir später raus. Und jetzt hoch zum Lohberg."
„Können wir nicht den unteren Weg nehmen. Am Stadion vorbei?"
„Wer wollte denn unbedingt die große Runde drehen?"
„Ist ja gut. Also den Lohberg hoch."

90.

Der Kopf dröhnt noch immer, das Hemd klebt noch immer an seinem schweißnassen Oberkörper. Lediglich die Rückenschmerzen haben ein bisschen nachgelassen. Auf leisen Sohlen ist er vor einer halben Stunde in die Küche geschlichen und hat sich einen Kaffee gemacht. Der schmeckt aber nicht wirklich und lässt lediglich das Hemd ein bisschen mehr kleben.

Eine Dusche wäre jetzt etwas Feines. Allerdings möchte er nicht seiner Frau begegnen. Er hofft, dass sie bald das Haus verlässt. Wegen eines Spaziergangs oder eines Besuches bei Edda von Bernau. Vielleicht ist sie ja auch schon weg? Auch leise, da sie ihrerseits ihm nicht begegnen möchte? Vorsichtig öffnet er die die Tür zum Flur und wagt sich kaum, die in Sepia gehaltenen Fotos an der Wand anzuschauen. Es kommt ihm vor, als würden ihre Ahnen ihn heute noch verächtlicher ansehen als sonst. Die Tür zur Küche steht offen. Das komplette Haus scheint von einer bedrohlichen Stimmung umfasst zu sein. Auch auf der oberen Etage stehen alle Türen offen. Die zu ihrem gemeinsamen Schlafzimmer, die zu Henriettes privatem Raum, die zum Bad und sogar die Tür zu Karlas ehemaligem Kinderzimmer. Nur die Türe zu seinem privaten Zimmer ist geschlos-sen. Ein Blick durch das Panoramafenster im Esszimmer verrät ihm, dass sie wohl mit ihrem Fiat 500 unterwegs ist. Mit einem unguten Gefühl geht er in die Küche. Auf der Anrichte liegt ein Schreiben.

Sebastian,

ich will die Scheidung, unverzüglich! Meine Anwältin wird sich diesbezüglich mit deinem Anwalt in Verbindung setzen.
Deine Affäre mit Dr. Hutmacher hat mich genauso wenig gestört, wie die Affären davor. Schließlich haben die Damen für mich die Drecksarbeit übernommen und deine abartigen Wünsche befriedigt. Aber gestern haben wir zu dritt auf dem Sofa gelegen. So bin ich in meinem ganzen Leben noch nicht gedemütigt worden. Für die kommende Woche bin ich bei Edda. Dies nur zu deiner Info und nicht als Angebot zur Kontaktaufnahme. Das gibt dir

*Zeit genug, das Haus zu räumen. Kontakt ab
jetzt nur noch über meine Anwältin Dr. Heike
Rietmöller!*

Henriette

Jetzt klebt das Seidenhemd noch mehr. Und ihm
wird sein eigener Schweißgeruch unerträglich.
Sein Magen rebelliert. Er will es noch zur
Spüle schaffen. Aber er erbricht sich schon
vorher im Schwall. Quer über die Anrichte und
den Brief.

91.

Wie einfach das gewesen ist. Lediglich eine
Spritze zu setzen hätte für sie sowieso kein
Problem dargestellt. Immerhin hatte sie ja
schon als Kind ihrer Mutter Thrombose-Sprit-
zen verabreicht. Subkutan. Genau wie jetzt
das Insulin. Nein, dass das Spritzen an sich
keine besondere Herausforderung darstellen
würde, war ihr schon bei der Planung bewusst
gewesen. Ein bisschen gefürchtet hat sie sich
lediglich vor moralischen Bedenken. Und das
auch nur bei Thorsten. Der sie - im Gegensatz
zu allen anderen - geliebt und niemals verraten hätte. Sie steckt ihre grüne Laufkombi-
nation in die Waschmaschine und die blüten-
weiße Unterwäsche in den mit 'Nur weiß!' be-
schrifteten Wäschekorb, bevor sie sich unter
die Dusche stellt. Das warme Wasser prickelt
angenehm auf ihrer Haut. Dieses Prickeln in-
tensiviert sie durch eine Duschlotion mit
Peeling-Effekt, das dezent nach Bergamotte
duftet. Den schwierigsten Part ihres Planes
hat sie jetzt durch Thorstens Tod geschafft.
Und während sie ihr langes, kräftiges Haar
mit einer Kur aus Arganöl verwöhnt, legt sie

in Gedanken einen Zeitplan für die weitere
Vorgehensweise fest: Gegen 21 Uhr mit dem ICE
ab Köln und Montagmorgen um 6 Uhr in Flensburg … drei Stunden später in Aarhus … dann
bleiben sieben Stunden Zeit für das Kapitel
Kurt und zur Entspannung am Meer … wieder
drei Stunden für die gemütliche Rückreise
nach Flensburg … von dort aus in Richtung
Schweiz … mit mehrmaligem Umsteigen … 14 Uhr
am Dienstag Ankunft in Genf … eine Stunde
später bei ihrem Vater und dessen Spielzeug …
spätestens 17 Uhr sollte die Sache erledigt
sein … danach ein gutes Essen am Genfer See …
21 Uhr mit dem Zug zurück … Mittwoch 7 Uhr in
Kreuzau, oder besser noch halb 6 in Köln und
dann vom Haus in Marienburg aus zur Arbeit
ins Labor. Bis dahin würde Dr. Schmidtheim
sich vielleicht schon zu 'seinem' Mittel zur
Bekämpfung der Nebenwirkungen einer Chemotherapie geäußert haben und Sebastian wäre
schon ein Schatten seiner selbst.

Gründlich spült sie sich die Kur aus ihrem
Haar. Wie schön, dass schon alle Vorbereitun-
gen für die Reise getroffen sind. Jetzt wird
sie sich noch ein bisschen Ruhe gönnen. Auf
der Veranda. Mit Blick über Kreuzau und einer
heißen Milch.

92.

Er hat sich irgendwann doch geduscht und ein
frisches Hemd angezogen. Aber sofort hat er
wieder angefangen zu schwitzen, was mit einem
Geruch einhergeht, der ihn selbst anwidert.
Wenn er sowieso stinkt, kann er auch ein Glas
Cognac trinken. Dr. Sebastian Martens blickt
sich in dem großen Haus um. Bis auf ein paar

Kleinigkeiten gehört ihm hier nichts. Es ist Henriettes Elternhaus. Er kippt noch einen Cognac runter, schaltet den Fernseher an und bleibt sofort NRW-Aktuell hängen. Da läuft ein Live-Talk mit Medizinern zum Thema 'Chemotherapie und deren Nebenwirkungen'. Auch ein Pharma-Spezialist ist geladen. Es ist Dr. Schmidtheim und der erzählt von seinem neuesten 'Baby'. Einem Medikament zur Linderung der Nebenwirkungen einer Chemotherapie, das bald unter dem Namen 'GastroZyt' auf den Markt kommen soll. Sebastian leert die Cognacflasche in einem Zug. Dann geht er die Treppe hoch in sein privates Zimmer und öffnet den Safe.

93.

„Guck' mal da!", macht Ruth Harald auf den schwarzen Jeep in der Nähe des kleinen Waldstückes aufmerksam. „Ist das nicht der Wagen von diesem Thorsten Wesseling?"

„Ja, schon", sagt Harald. „Aber da stimmt was nicht."

Ruth will jetzt näher herangehen, aber Harald hält sie zurück.

„Da sitzt jemand drin. Der bewegt sich nicht. Entweder er schläft … oder er ist tot."
„Dass Wesseling am helllichten Tag im Auto auf dem Lohberg schläft, ist wohl eher unwahrscheinlich."

Harald nähert sich dem Wagen und bittet Ruth durch Handzeichen, hinter ihm zu bleiben. So wie Wesseling im Fahrersitz hängt, kann niemand schlafen. Wesseling ist tot.

94.

„Glaubst du, das wird deiner Gesine gefallen?" schaut Carina de ihren Gatten beifallheischend an und zeigt auf das mit rosa Bettwäsche bezogene Bett in einem der Gästezimmer. Für ihre prominente Stieftochter hat sie das schönste Zimmer ausgesucht.

„Sabine! Gesine hieß ihre Mutter", verbessert Karl August sie diesbezüglich nicht zum ersten Mal. Jetzt ist seine Stimme aber lauter als sonst.

„Ach, ich Dummchen", zieht Carina ein Schnütchen und kullert mit den Augen. Doch dieses Mal will er nicht auf das Spiel eingehen. Etwas ist anders als sonst.

„Soll ich doch eher grau nehmen?", buhlt sie weiter um seine Aufmerksamkeit. „Was meinst du, würde deiner Sabine silbergraue Bettwäsche besser gefallen?"

Karl August will zu einer Antwort ansetzen, überlegt es sich dann aber doch anders und zieht sie zu sich heran, streicht ihr über den Kopf und wickelt eine eine ihrer weißblonden Locken um seinen Finger.

„Mein Engel, ich weiß im Moment nicht mal, ob sie überhaupt kommt."
„Warum das denn nicht?"
„Edda von Bernau hat mich eben angerufen. Sie ist eine Cousine ihrer Mutter. Und Edda hat mich vor ihr gewarnt. Wir haben uns nie sonderlich gemocht, Edda und ich. Wenn sie sich die Mühe macht, mich anzurufen, dann muss etwas ganz übel im Argen sein."

95.

Als sie oberhalb des Stadions die Schnell-
straße nach Drove überquert, ist ihr schon
klar, wohin ihr Weg sie führen wird. Eigentlich hat sie Harald versprochen, nach Hause
zu gehen und dort im Internet nach einer
Kontaktmöglichkeit zu Diebels Kumpel Ricky
Salander zu suchen. Harald möchte bei Wesselings Auto auf Hape Uerlichs warten und dann
nachkommen. Sie will Harald natürlich nicht
vor der Haustüre stehen lassen, aber sie weiß
auch, dass Harald die Geschichte ausführlich
mit Uerlichs besprechen wird. Und bis dieser
am Tatort aufkreuzt, wird mit Sicherheit noch
einige Zeit vergehen, da van Damm beim Frühschoppen ist und Uerlichs wohl wieder für
alles koordinieren muss. Also spricht eigentlich nichts dagegen, über den Feldweg zum
Hohlweg zu gehen, und dann über den Reitersweg, Vor-dem-Bruch, Friedhofstraße, Dürener
Straße nach Hause zu gehen. Ist wirklich kein
großer Umweg. Und der Hohlweg führt direkt an
Sabine Hutmachers Anwesen vorbei.

Ihr geht immer wieder Marions Vermutung durch
den Kopf. Sollte Sabine Hutmacher wirklich
Klaus getötet haben? Und jetzt Wesseling als
möglichen Mitwisser? Das Wesseling keines natürlichen Todes gestorben ist, steht für Ruth
außer Frage.

Und schon steht sie vor dem kleinen Gartentor
mit der Aufschrift 'K. Diebel'. Ihre beiden
inneren Stimmer führen ein heftiges Streitge-
spräch. Davon unbenommen hält sie den Griff
des Türchens längst in der Hand. Und steht
drei Sekunden später schon auf der anderen
Seite. Geduckt auf leisen Sohlen schleicht
sie, an Bäumen vorbei, Richtung Haus. In Ge-

danken verflucht sie ihre morgendliche Entscheidung, rote Schuhe und einen roten Rucksack zu tragen. Das rote Halstuch hat sie
längst in den Rucksack gestopft.

96.

Gefühlt sind Stunden vergangen, seitdem Ruth
ihren Spaziergang alleine fortgesetzt hat. Er
kann sie nicht erreichen. Sie geht nicht an
ihr Mobilphone. Oder sie hat das wieder irgendwo verkramt. Vermutlich ist sie längst
zuhause. Aber ihre Festnetznummer hat er
nicht gespeichert. Und er weiß, dass sie eine
Geheimnummer hat. Die Auskunft braucht er
also gar nicht erst anzurufen. Dr. Backhausen
ist schon da gewesen und hat den Tod Wesselings festgestellt. Wenn doch nur Hape käme!
Auch wenn es ihm schwerfällt. Er untersucht
weder Auto, noch Leiche. Der Knopf von Wesselings Jeans ist geöffnet, der Reißverschluss
aber nicht. Hat Wesseling etwa noch Sex gehabt? Oder wollte er Sex haben? Oder hat er
vorher zu viel gegessen und die Hose spannte?
Endlich! Über den asphaltierten Weg kommt ein
Einsatzwagen auf ihn zu. Das wird wohl Hape
sein. Aber warum kommt der aus Richtung Drove? Der Fahrer hupt und winkt. Es ist tatsächlich Hape.

„Datt es alles höck esu ne Hantier", springt
Hape aus dem Wagen. „Der Jeck häält senge
Fröhschoppe on ich hann der janze Brassel am
Haals."

Hape streift sich Handschuhe über, reicht Harald ein weiteres Paar und zwinkert ihm zu. Harald streift sich nun auch die Handschuhe über. Wie immer mit einer gewissen Sorgfalt.

„Warum kommst du jetzt aus Drove, wenn ich fragen darf."
„Isch komm uss Nidäje. On datt wor net schön. Der hott keene Kopp mie. Fottgeschosse. Ich glöv, datt hätt der selver jedohn. Moss ävve ongesöök wedde. Do komme jetzt die van Düre."

„Der hat sich selbst die Rübe weggeballert?", wundert sich Harald über sein Vokabular. Er ist nervös. Ziemlich nervös. Seine Gedanken kreisen um Ruth, die in Gefahr sein könnte. Und so hört er Hapes weiteren Ausführungen gar nicht richtig zu, sondern nimmt Wesselings Mobile ins Visier und entsperrt es mit 1234. Er findet eine Menge Nachrichten an eine gewisse Sabine und wenige Nachrichten von ihr an ihn. Er ist sich sicher, dass es sich bei dieser Frau um die Hutmacher handelt. Eine Kölner Nummer ist unter 'Mama' gespeichert. Da wird wohl jemand die Adresse ausfindig machen und hinfahren müssen.

„Datt solle die uss Kölle maache. Mir könne späder met d'r Mamm kalle."
„Gute Idee, Hape. Und ich wäre natürlich dabei, wenn gewünscht. Nun muss Herr Wesseling erst einmal in die Gerichtsmedizin. Und ich erreiche Ruth nicht und hab ein ganz ungutes Gefühl."

97.

Als Ruth wieder zu sich kommt, befindet sie
sich in einem Kellerraum. Erinnerungsfetzen
von einer Autofahrt ziehen an ihr vorüber.
Alles ist irgendwie in Watte gepackt. Diese
Autofahrt hat sie mit Sabine Hutmacher gemacht. Nicht freiwillig. Irgendwas hat dieser
Teufel aus gutem Hause ihr verabreicht. Vermutlich ist sie jetzt in Hutmachers Kölner
Villa. Es würde keinen Sinn machen, dass sie
wieder zurück nach Kreuzau gefahren wären.
Vermutlich befindet sie sich jetzt also in
Marienburg. Sie ist gefesselt. Je mehr ihr
Bewusstsein zurückkehrt, um so intensiver
wird ihr bewusst, dass ihre Lage ziemlich
aussichtslos ist. Das ist kein gewöhnlicher
Kellerraum. Das ist ein Sado-Maso-Studio. Und
sie erinnert sich an Edda von Bernaus vor-
sichtigen Formulierungen wegen Prof. Martens'
besonderen Vorlieben. Hier hat also Frau Dr.
Hutmacher also regelmäßig Herrn Prof. Martens
ausgepeitscht. Zumindest bis vor einem halben
Jahr. Ihr Blick fällt auf eine schwere Eisen-
tür. Ob man die überhaupt von der anderen
Seite aus sehen kann? Oder ob die geschickt
getarnt ist? Nein, ihre Lage ist nicht ziemlich aussichtslos … sie ist definitiv mehr
als ziemlich aussichtslos. Sabine Hutmachers
Pläne sind ihr bekannt. Die hat sie ihr noch
verraten. Alle. Dazu war ein kleiner Trick
notwendig gewesen.

„Ich glaube, die Geschichte ist Ihnen über
den Kopf gewachsen, liebe Frau Dr. Hutmacher," hat sie zu gesagt. „Vermutlich haben

sie schon seit geraumer Zeit keinen Plan
mehr."

Und aus Frau Doktor ist es nur so heraus ge-
sprudelt … jetzt ist sie unterwegs nach
Aarhus. Um sich Diebels' anzunehmen. Von Aarhus aus reist sie zum Genfer See wegen ihres
Vaters und dessen 'aktuellem Spielzeug' und
von dort aus nach Köln zurück. 'Es würde mich
wundern', hat sie gesagt. Wenn ich sie bei
meiner Rückkehr am Mittwoch noch lebend an-
träfe.' Und Ruth ist sich sicher, in diesem
Verlies nicht gefunden zu werden. Hin und
wieder leuchtet jedoch ein Fünkchen Hoffnung
auf. Plötzlich muss sie an ihre Therapiestunde am Montagmorgen denken, die sie wohl
verpassen wird. Aber Tote brauchen keine
Therapie. Sie hofft, einfach friedlich einzu-
schlafen, ohne lange Qualen. Der Durst quält
sie jetzt schon. Und die Handgelenke
schmerzen.

98.

Warum hat ihr nur diese nervige alte Schachtel noch in die Quere kommen müssen? Die hat
sich doch tatsächlich erdreistet, ihre Ruhe
in Kreuzau zu stören.

„Darf ich Ihnen etwas bringen?", holt die
Servicekraft im ICE sie aus ihren Gedanken.
„Haben Sie Champagner zu bieten?"
„Leider nicht. Aber wir haben einen sehr
guten Sekt."
„Dann nehme ich den … und was immer Sie an
Antipasti zu bieten haben."

Sie zieht die cognacfarbenen Stiefel aus und legt ihre Füße auf den gegenüberliegenden Sitz, freut sich auf ihren Sekt und denkt an die alte 'Schachtel', die jetzt in ihrem Kölner Keller hängt. Vermutlich wird die schon nicht mehr leben, wenn sie aus der Schweiz zurückkehrt. Aber ob sie dann noch lebt oder bereits das Zeitliche gesegnet hat, ist nicht wirklich von Bedeutung. Die Tür ist zum restlichen Keller hin als Mauerwerk getarnt und so luftdicht, dass sie niemals einen Verwesungsgeruch durchlassen wird. Und diesen speziellen Raum kennt nur Kurt Diebel. Und der wird schon bald mit niemandem mehr über irgendetwas sprechen können.

99.

Schon seit mehr als einer Stunde nehmen sich Harald Keller und Hape Uerlichs das Kreuzauer Hutmacher-Haus Zimmer für Zimmer vor. Ohne Durchsuchungsbeschluss. Aber Hape weiß, wenn der überkorrekte Harald dazu bereit ist, die Regeln außen vor zu lassen, dann muss es sich um eine wirkliche Gefahrensituation handeln. Nachdem sie mit kleinem Besteck Ruths Wohnungstür geöffnet und sie dort nicht vorgefunden haben, im Seniorenheim – in dem ihre Schwester lebt – und in sämtlichen Krankenhäusern in der näheren Umgebung angerufen haben, steht für Harald außer Frage, dass Ruth in Gefahr ist.

„Söök do wegge. Do weeß, watt die anhott. On isch luur ens, datt ich demm Ricky Salander seng Nomme fenge."

Harald sucht weiter, findet aber nichts. Ein Blick nach draußen zeigt ihm, dass es längst stockdunkel ist. Was seinen Stirnschweiß um weitere Tropfen erweitert. Just in diesem Moment kommt Hape mit der gewünschten Rufnummer an. Harald wählt sofort.

„Harald Keller hier. Bitte sagen Sie Herrn Diebel, 'Helga' sei in Gefahr … ich weiß, dass er bei Ihnen ist. Wir haben keine Zeit für Spielchen. Sagen Sie ihm, Ruth Pitscher alias Helga sei vermutlich entführt worden. Bitte sprechen Sie mit ihm … ich warte."

Hape rückt die Polstergarnitur im Wohnzimmer hin und her. Dabei kommt ein rotes Halstuch zum Vorschein. Ruths Halstuch, wie Keller sofort mit heftigem Kopfnicken kundtut.

100.

Mittlerweile ist es in ihrem Verlies stockdunkel geworden. Durch ein Gitterfensterchen, hinter einem Strauch liegend, ist sowieso nur wenig Tageslicht in den kargen Raum vorgedrungen. Aber ihre Augen haben sich schon so auf die Dunkelheit eingestellt, das der verirrte Lichtstrahl einer entfernten Straßenlaterne ihr grobe Konturen aufzeigt. Allerdings brennen jetzt die Augen, sie hat Durst und Angst davor, ohnmächtig zu werden. Denn dann wird sie nach vorne fallen und die Metallschlaufen werden ihre Hände aufreißen.

101.

Kurt Diebel hat sich schließlich auf ein Telefonat mit Harald Keller eingelassen. Jetzt sitzt er, mit der Katze auf dem Schoß, in

Salanders verrauchtem Wohnzimmer, hat den Hörer zwischen Ohr und Schulter geklemmt und dreht sich eine Zigarette. Er hört den Ausführungen Kellers aufmerksam zu und denkt gleichzeitig dabei nach. Keller scheint doch sehr besorgt um das Leben dieser 'Helga' zu sein. Und er teilt diese Sorge.

„Sie wissen wahrscheinlich, dass Frau Hutmacher ihren offiziellen Wohnsitz in Köln hat?"
„Ja!"
„Vermutlich ist Frau Pitscher da. Und Frau Hutmacher wird unterwegs sein, um ihre Liste abzuarbeiten. Wenn Wesseling schon tot ist, bleiben noch Prof. Sebastian Martens, ihr Vater und ich."

Hape hört das Gespräch mit, erschrickt leicht und sieht Harald beschwörend an. Dabei richtet er Zeigefinger und Mittelfinger auf seine eigene Schläfe. So, als wolle er sich erschießen. Da begreift Harald.

„Prof. Martens ist tot. Wahrscheinlich hat er sich selbst erschossen. Vermutlich sind Sie jetzt der nächste auf der Liste, Herr Diebel. Passen Sie bitte auf sich auf. Aber was ist mit Frau Pitscher? Wo könnte die sein, alleine in diesem großen Haus?"

„Es gibt eine Folterkammer. Frau Hutmacher hat da besondere Wünsche vom Herrn Professor erfüllt. Der Raum ist schwer zu finden, weil die Tür von außen nicht zu erkennen ist. Ich male einen Grundriss auf und schicke Ihnen das als Foto."
„Vielen Dank. Dann informiere ich schon mal die Kölner Polizei. Auch wenn ich mich wiederhole: Bitte passen Sie gut auf sich auf."
„Danke. Sie sind echt ein netter Bulle."

„Bulle im Ruhestand. Aber woher wissen Sie?"
„So etwas rieche ich … auch durchs Telefon."

102.

Der Sekt steigt ihr allmählich zu Kopf. Und
aus alter Gewohnheit sieht sie sich die Face-
book-Profile ihrer Freunde und Feinde an.

Henriette Martens schreibt: *Mein lieber Mann
ist tot. Und seine Mörderin läuft noch frei
herum.*

Die einlullende Wirkung des Sektes, die sie
gerade noch als angenehm empfunden hat, wirkt
jetzt plötzlich bedrohlich. Die Geschichte
gleitet ihr Stück für Stück aus der Hand.
Eben hat ihr Vater ihr eine Nachricht geschickt, leider müsse er das Treffen jetzt
kurzfristig absagen, da er unerwartet verrei-
sen müsse. Er wolle sich aber umgehend wegen
eines neuen Termines melden.

Ihr Herz schlägt bis zum Hals. Erst als sie
die Fotos von ihrer Mutter und Oma Anna aus
dem Koffer nimmt, atmet sie wieder ruhiger.

103.

Sie sieht so zerbrechlich aus in diesem großen weißen Nachthemd. Blass ist sie. Die Farbe der Haut und des Nachthemdes und der Ver-
bände um ihre Handgelenke scheint die gleiche
zu sein. Mittels Tropf wird ihr Flüssigkeit
zugeführt. Wahrscheinlich auch Schmerzmittel.
Sie liegt im St. Augustinus Krankenhaus in
Lendersdorf. Und das ist ungewöhnlich. Der

Notarzt wollte sie gestern Abend natürlich in ein Kölner Krankenhaus bringen lassen. Aber sie hat, trotz ihres erbärmlichen Allgemeinzustandes, so lange Terror gemacht, bis sie schließlich nach Lendersdorf gebracht wurde. Als Privatpatientin und auf eigene Kosten. Seine Blumen stehen im Flur. Die darf er nicht mit ins Zimmer bringen.

„Hallo Ruth", nähert er sich flüsternd ihrem Bett.
„Harald. Wie schön. Setz' dich zu mir!"

Er schiebt einen Stuhl in Bettnähe und berührt sanft ihre Hand.

„Ich hab' mich als dein Lebensgefährte ausgegeben. Sonst hätten die mich nicht zu dir gelassen. Ich hoffe, das war in Ordnung."
„Ja, gibt Schlimmeres. Guck' mich bitte nicht so erschrocken an. Das sollte gerade ein Lachen werden. Klappt wohl noch nicht so ganz. Die komplette Gesichts- und Rückenmuskulatur ist in Mitleidenschaft gezogen worden. Aber jetzt erzähl', wie hat die Polizei überhaupt den Kerker gefunden?"
„Ich hab' mit Diebel telefoniert. Und er hat mir eine Skizze geschickt."
„Lebt Diebel noch? Und ihr Vater? Und Prof. Martens?"
„Martens hat sich erschossen. Die anderen leben noch … sag' mal, riech' ich wirklich nach Bulle?"

Ruth will losprusten vor Lachen, schreit aber auf vor Schmerzen und versucht, sich eine angeschwitzte Haarsträhne aus der Stirn zu pusten.

„Wie kommst du denn darauf?"

„Ach, egal. Jedenfalls hat die Polizei die Hutmacher in Flensburg aus dem Zug geholt.“

Ruth pustet schon wieder nach der Strähne und bittet Harald mittels Augenzwinkern und und einer leichten Kopfbewegung um Hilfe. Etwas unbeholfen aber sehr fürsorglich streift der die Haare aus der Stirn.

„Und Wesseling? Hat der wirklich Klaus getötet, wie die Hutmacher behauptet?“
„Ja. Aber er wollte sich wohl der Polizei stellen, hat seine Mutter gesagt. Und unter dem Beifahrersitz seines Jeeps lag eine Mappe mit einem umfassenden Geständnis.“
„Weiß Marion schon Bescheid?“
„Das hat sich van Damm nicht nehmen lassen.“

Ruths Augen fallen immer wieder zu.

„Ich sollte gehen“, sagt Harald und streicht über ihre Hand. „Du bist müde.“
„Bleib' noch ein bisschen. Wie spät ist es?“
„Halb 11.“
„Sch … vor genau 30 Minuten hat meine erste Therapiestunde begonnen.“

„Ich kann da später für dich anrufen. Aber da ist noch eine Frage zu klären“, zwinkert er ihr zu, wie ein kleiner Lausbube. „Nach unserem ersten Fall hast du mir versprochen, mir nach unserem zweiten Fall deinen zweiten Vornamen zu verraten.“
„Nee, mein lieber Harald. So nicht! Ich hab' dir schon mein Pseudonym 'Helga' verraten. Meinen zweiten Vornamen gibt es dann nach unserem dritten Fall!“

Und hier ein kleiner Vorgeschmack auf den dritten Fall …

PITSCHER UND KELLER UND EINE ENTÄUSCHTE LIEBE

Die Dämmerung hat längst eingesetzt. Es ist kalt und windig und sie fragt sich, warum sie sich überhaupt auf diese Verabredung eingelassen hat. In der Grillhütte an den 'Drei Erken' bei einer Temperatur von 7 Grad gemessen, gefühlt wesentlich niedriger. Aber wenn er sie auffliegen ließe, wäre das mit sehr unangenehmen Konsequenzen verbunden. Den bequemen Job bei Annemarie wäre sie los. Die Nebenverdienste auch. Und ob sie überhaupt jemals wieder nach Deutschland einreisen dürfte, wäre fraglich. Sie muss sich mit ihm einigen. Muss ihm entgegenkommen. Und deswegen trägt sie auch Dessous im Leopardenmuster unter ihrem hellblauen Plüschmantel. Irgendwann ist ihre Geschichte aus dem Ruder gelaufen. Es war mal anders gewesen, zwischen ihm und ihr. Ganz anders. Ihre rechte Hand spielt mit der Zigarettenschachtel in der Manteltasche. Zu gerne würde sie jetzt eine Zigarette rauchen. Aber er mag es nicht, wenn sie nach Qualm riecht. Und sie darf ihn jetzt nicht verärgern. Um halb fünf wollte er hier sein. Die Anzeige ihres Smartphones verrät ihr, dass es schon 16.55 Uhr ist. Sie hat die Straße im Blick, die nach Üdingen führt und die erste der beiden Rurbrücken. Auch den kleinen Weg, der über eine Holzbrücke zum Üdinger Weg geht. Ihre Füße stecken in gefütterten pinkfarbenen UGG-Boots und sind trotzdem eiskalt. Abwechselnd stampft sie beide Füße auf den Boden. Sie sitzt auf der

äußersten Kante der Holzbank, die entlang der
drei Wände verläuft. Und auch wenn sie den
Plüschmantel über Po und Oberschenkel gezogen
hat, bleibt das Gefühl, die feuchte Kälte
könnte durchdringen. 16.58 Uhr. Ihr Blick
gleitet über die Wand der Blockhütte zu ihrer
linken Seite. 'R+L' ist eingeritzt, umfasst
von einem Herzen. Ob 'R+L' wohl noch zusammen
sind?
Um Punkt 5 will sie gehen. Und jetzt wird sie
sich auch eine Zigarette anzünden. Sie steckt
sich eine Zigarette in den Mund und sucht in
beiden Manteltaschen nach dem Feuerzeug.
„Darf ich?", streckt er ihr die Flamme seines
Feuerzeuges entgegen. Sie erschrickt. Wo
kommt er so plötzlich her? Sie hat alle Wege
zur Hütte beobachtet. Nur den Weg aus
Richtung Ententeich nicht.

(Voraussichtlicher Erscheinungstermin:
Frühjahr 2022)

Bereits erschienen ist:

PITSCHER UND KELLER UND EINE ALTE SCHULD

Was ist dran, an den Erzählungen von früher hinter vorgehaltener Hand? Seitdem diese Frau Sabrini zur Beerdigung ihrer Mutter nach Kreuzau gekommen ist, tauchen die alten Geschichten wieder auf. Und dann wird auch noch Jochen Schumacher tot in seiner Wohnung aufgefunden. In einer Blutlache. Das Messer liegt noch neben ihm.

Da gibt es die ungleichen Thoma-Brüder: Olaf, der Zartbeseitete, der eine alte Schuld mit sich herumschleppt, und Dieter, der Draufgänger mit Bürgermeisterambitionen, der in der Wahl seiner Mittel nicht zimperlich ist.

Bei Jochen Schumacher wird nicht nur ein Messer, sondern auch Tavor in hoher Konzentration im Blut gefunden. Und es gibt einige Menschen in Kreuzau, denen Dr. Backhausen das Sedativum verschrieben hat. So auch Jupp Meyer, der sich heftig mit Schumacher in Matthes' Brauhaus gestritten hat. Aber auch Hannelore Weindorf, deren Tochter Luisa nicht nur mit Schumacher eine Rechnung offen hatte.

Der 1. Fall von Pitscher und Keller ist als BoD im Kid-Verlag erschienen.

ISBN 978-3-947759-47-7

TWENTYSIX
Eine Marke der Books on Demand GmbH
© 2021 Weyermann, Ursula
Herstellung und Verlag: BoD - Books on Demand,
Norderstedt
ISBN: 9783740784867

nach einer Idee von Heinz Küppers und Ursula
Weyermann